LA FILLE
DU PITAUD

DU MÊME AUTEUR

Le Pitaud, l'Archipel, 1995.

PIERRE GALONI

LA FILLE
DU PITAUD

roman

l'Archipel

Si vous souhaitez recevoir notre catalogue et être tenu au courant de nos publications, envoyez vos nom et adresse, en citant ce livre, aux Éditions de l'Archipel,
4, rue Chapon, 75003 Paris.
Et, pour le Canada, à
Édipresse Inc., 945, avenue Beaumont,
Montréal, Québec, H3N 1W3.

ISBN 2-84187-102-9

A Odette, ma femme

1

Maître Grimaud ne se reconnaissait pas en sa fille. Dès l'école primaire, les dons de Luciole étaient si spectaculaires que tout Garbois lui prédisait un destin exceptionnel. L'amour-propre du notaire en était flatté, mais sa préférence allait à son fils. Tandis que Luciole avait obtenu son bac avec mention « très bien », Henri, adolescent lent et besogneux, n'avait décroché le sien qu'au deuxième essai, et de justesse. Mais il montrait, pour la rédaction des actes, des aptitudes si évidentes que la pérennité de la devise : « Grimaud, notaires de père en fils » était assurée. Maître Grimaud appréciait les modestes talents de ce fils qui lui ressemblait. Luciole, astre brillant, éclairait trop crûment ses petitesses d'âme et d'esprit.

Dieu merci, sa cadette flattait sa vanité de père. Élégante et racée comme sa sœur, Juliette avait en outre la pudeur provocante et l'art d'embellir les banalités de la conversation qui en faisaient l'une des filles à marier les plus courtisées de la bonne société garboise.

Luciole aimait sa sœur, qui ne la jalousait pas. Avec une intuition toute féminine, elles s'étaient partagé les rôles : Luciole s'envolait vers les sommets universitaires pendant que Juliette monopolisait la convoitise des garçons. Gauches et intimidés devant Luciole, ceux-ci osaient avec Juliette des hardiesses que le feu de son regard, la courbe palpitante de sa gorge et la longueur de ses jambes encourageaient.

Les deux sœurs se complaisaient dans leur légende respective de froideur et de flamme.

Henri, leur frère, accaparait donc les tendresses du père, ses fiertés et ses ambitions. Il est vrai qu'il avait sur ses sœurs un avantage que, dès l'enfance, elles n'avaient pu lui contester : il possédait une quéquette. Tandis qu'accroupies pour faire pipi, elles cachaient, honteuses, leur bas-ventre lisse, lui, debout, ouvrait sa braguette et sortait fièrement son robinet pour faire gicler vers elles un jet insolent.

Plus tard, au bord de la piscine familiale où ils se baignaient nus, elles eurent l'occasion de constater que l'avantage du petit frère prenait parfois des dimensions inattendues. Dès lors, et bien que rien d'autre ne la justifiât, elles admirèrent sans réticences sa supériorité. Il avait d'ailleurs non seulement le privilège du sexe, mais aussi celui du nom. Grimaud il était, Grimaud il resterait. Elles, elles prendraient un jour le nom de leur mari.

Le moment venu, Rosine n'eut pas grand mal à convaincre ses filles que, bien que différentes des garçons, elles leur étaient en réalité supérieures. Cette supériorité, discrète mais réelle, trouvait sa source en ce bas-ventre qui les désespérait. C'est par là que Rosine les avait mises au monde. C'est par là qu'elles mettraient au monde leurs propres enfants.

Les deux sœurs cessèrent alors de jalouser leur frère. Henri fut cajolé comme avant, mais il n'attira plus leurs regards quand il faisait pipi.

Rosine avait la satisfaction de voir grandir ses enfants au sein d'une famille apparemment unie. Celle, aussi, de voir prospérer l'étude de maître Grimaud, dont elle appréciait davantage les compétences de notaire que les performances amoureuses. A vrai dire, elle ne l'encourageait guère au lit. Non qu'elle se dérobât, mais parce qu'elle n'y éprouvait pas de plaisir avec lui.

Son respect des traditions, qui réservent à l'époux le pouvoir de décision, se limitait aux apparences. Dans l'intimité, Rosine ne voulait en rien dépendre de son « maître », fût-il notaire. Quand son corps souffrait du manque d'amour, elle s'offrait le partenaire de son choix, mais avec une discrétion telle que personne n'en pâtissait, pas même ses amants, dont chacun se croyait unique.

Bien que Rosine s'efforçât de le dissimuler à son mari et à ses enfants, Luciole occupait une place privilégiée dans son cœur. Maître Grimaud, qui n'avait d'yeux que pour Henri, s'interrogeait parfois sur cette préférence mais sans s'y attarder, les errements des femmes et leurs goûts extravagants étant pour lui une évidence. Rosine lui avait donné un fils. Elle avait rempli son contrat. Elle pouvait cultiver son jardin sans qu'il en prît ombrage.

Luciole s'épanouissait d'esprit et de corps, et la fierté d'être sa mère mettait Rosine à l'abri des blessures du cœur et du temps. L'adolescente perverse qui avait affolé Paul Alban, l'instituteur pris au piège des coccinelles de Sanluc, la jeune fille qui avait si cruellement humilié le pitaud dont elle était pourtant passionnément amoureuse – passion que le mariage n'avait pas éteinte – n'était plus. Devenue femme de notaire puis mère, Rosine Dorville avait acquis, avec les bonnes manières bourgeoises, une douceur si angélique, un esprit si primesautier, un embonpoint si harmonieux qu'elle ne pouvait paraître en public sans accrocher le regard des hommes. Elle se jouait d'eux, usant de ses armes de femme pour ne garder près d'elle que celui qu'elle avait choisi et soumis au premier frôlement et à la première œillade. Mais elle tendait ses rets avec un tel panache qu'on lui pardonnait ses audaces.

Non sans perfidie, la bourgeoisie garboise félicitait son notaire d'avoir une étude prospère et une femme incomparable. Celui-ci ne pouvait jurer que de la prospérité de son étude, ce qui était pour lui l'essentiel. Pour ne pas alimenter les rumeurs, il se gardait d'exprimer des doutes sur la fidélité de sa femme.

Lorsque Fernand Grimaud avait épousé Rosine Dorville, la déception avait été grande dans la bourgeoisie garboise. Chaque famille espérait que sa fille à marier serait l'élue. A dire vrai, les demoiselles en question montraient moins d'empressement à être choisies. La fortune des Grimaud ne donnait pas l'attrait d'un Apollon à leur unique héritier, dont le long corps dégingandé flottait dans les vêtements. Sa maigreur et ses pieds plats lui ayant valu d'être exempté du service militaire, il ne put même pas épingler au revers de son veston le « Bon pour les filles » que les autres conscrits arboraient fièrement au retour du Conseil de révision.

Si cette exemption fut considérée par certains comme une aubaine, les jeunes filles en tirèrent argument pour se dérober aux avances du prétendant. C'est donc dans une ferme de Sanluc que le fils de maître Grimaud trouva fille à marier, qui n'éprouvait pas les mêmes réticences à être épousée.

Le jeune époux prouva qu'il méritait ce « Bon pour les filles » qui lui avait été refusé, à la caserne, par le médecin capitaine. Moins d'un an après son mariage naquit en effet une fille que Rosine voulut appeler Luciole. Sa belle-mère ne fit pas mystère qu'elle était déçue, et par le sexe et par le prénom. Consciente de ses devoirs, Rosine se prêta à une seconde tentative, qui n'eut pas le résultat espéré puisque, un an après, c'est une sœur et non un frère qu'elle donnait à Luciole. Elle eut beau accepter le prénom de Juliette choisi par la belle-mère, celle-ci ne lui en montra aucune reconnaissance. « Qu'on le veuille ou non, Juliette, c'est encore une fille. »

Ce n'est qu'au troisième essai, soit deux ans après, qu'elle donna à son mari et à sa mère un garçon que Fernand Grimaud s'empressa de prénommer Henri, comme son père. Quelques semaines après sa naissance, le bébé resta le seul Henri de la famille : maître Grimaud père avait été emporté par une embolie alors qu'il pêchait le brochet dans le Loir. Les Grimaud possédaient en effet une gentilhommière dont la façade de pierres blanches, taillées dans le tuffeau, se mirait dans la rivière. Chaque fin de semaine, ils abandonnaient Garbois et sa grisaille pour la douceur ensoleillée de leur « campagne », au cœur des vignobles de « Jasnières », dont quelques hectares leur appartenaient.

La rumeur courut que la victoire du Front populaire et les grèves avaient terrassé le notaire. A l'enterrement, Mme veuve Grimaud sut montrer sa douleur avec la dignité d'une grande dame que les infidélités de son mari avaient soumise à de plus rudes épreuves. Grimaud fils, premier clerc, s'installa dans le fauteuil du père et devint le nouveau maître Grimaud. On accrocha dans le salon un troisième portrait auprès des deux autres. La veuve pleura l'époux qui avait rempli sa mission, encouragea son fils à réussir la sienne et, après les messes et les prières qui convenaient, décida de se retirer dans son manoir et ses vignes, avec chiens et domestiques.

Ses adieux à ses petites-filles et à leur mère ne furent pas débordants de tendresse, mais, quand elle prit le petit Henri dans ses bras, ce fut pour le couvrir de baisers.

En 1939, les jeunes filles qui avaient refusé les avances de Fernand Grimaud et restaient en attente d'un mari subirent, de nouveau, les reproches de leurs parents : non seulement le prétendant éconduit était un héritier fortuné, mais il avait la chance de ne pas faire la guerre. Tandis que tous les « Bons pour les filles » rejoignaient leur régiment, maître Grimaud resta chez lui, auprès de sa femme et de ses enfants.

A six ans, Luciole, qui savait lire, jouait à la maîtresse d'école avec sa sœur. Le petit frère était encore dans les jupes de sa mère. Le père avait hâte de le prendre avec lui et de l'accoutumer aux fonctions qui seraient les siennes, le moment venu.

Dans sa gentilhommière où ne restaient avec elle qu'un vieux jardinier et la cuisinière, Mme veuve

Grimaud, qui avait écouté à la radio le président Daladier annoncer l'entrée en guerre, se souvint de « 14-18 » et remercia le Seigneur d'avoir épargné à son fils les horreurs de Verdun.

2

Le frère de Rosine avait rejoint son régiment d'infanterie à Metz. Un colonel à cheval emmena celui-ci à marche forcée sur ses positions face à l'ennemi. Aussi, pendant ce rude hiver de 1939, le sous-lieutenant Dorville dut-il entretenir le moral de quarante hommes qui occupaient leur temps à aménager leurs abris.

De brèves rafales de mitrailleuses et quelques coups de canon échangés rappelaient à tous, officiers et soldats, français et allemands, qu'ils étaient à la guerre. Une «drôle de guerre» qui usait les nerfs dans l'attente plus qu'elle ne préparait les esprits et les corps à l'affrontement.

Quand l'ennemi décida enfin de passer à l'offensive, ce fut dans un tel déluge de bombes lâchées et d'obus crachés que l'ordre de repli fut aussitôt donné.

De décrochages en retraites, le sous-lieutenant Dorville réussit l'exploit de franchir avec ses quarante hommes, leurs armes et leurs munitions, un pont sur l'Oise avant que celui-ci ne soit détruit, comme tous les autres, pour retarder la marche de l'envahisseur.

Après une pause à Dourdan, avec la consigne impérative de défendre Paris, Dorville reçut l'ordre de repli en bon ordre jusqu'à la Loire. Une nouvelle fois, il eut la chance de franchir un pont avec hommes et bardas ; les chars ennemis furent, peu de temps après, arrêtés par sa destruction.

Le régiment, colonel en tête, avait été pris par l'ennemi. Privé désormais d'ordres et de contre-ordres, le sous-lieutenant considéra que son devoir d'officier était d'éviter d'être fait prisonnier. Ses hommes et lui arrivèrent à Montauban, traînant leur lassitude et leur désarroi sur des routes que n'encombraient pas encore l'exode des civils et les chars des vainqueurs. L'armistice mit fin à leur calvaire.

Dans une caserne de Toulouse où ils avaient retrouvé le couchage et la roulante, un colonel les félicita d'avoir échappé à l'ennemi, sans pertes humaines ni matérielles. En les renvoyant dans leurs foyers, il leur assura que la France avait perdu une bataille, mais pas la guerre, et leur demanda de se tenir prêts à reprendre le combat lorsque le signal en serait donné.

Les routes encombrées et les gares détruites condamnant les plus braves à l'attente de jours meilleurs, revenir à Sanluc représentait un nouvel exploit. Mûrissant son plan de retour, Dorville flânait sur la place du Capitole quand son ami Pierre, le pitaud, claqua les talons devant lui et salua militairement. La hiérarchie et la discipline ne furent respectées que le temps de ce salut impeccable de sergent à lieutenant. Après l'étonnement de cette rencontre miraculeuse, les deux amis s'abandonnèrent à la joie des retrouvailles avec force accolades.

Le sergent Forelli avait, lui aussi, échappé à la capture, son char ayant franchi la Loire avant ceux du général Guderian. Son régiment était l'un de ceux qui, dans la débandade générale, avaient fait face à l'ennemi. Au prix de lourdes pertes, il avait réussi à retarder son avance, et même, audace suprême, s'était lancé dans une offensive de quelques heures. L'héroïsme du régiment ne fut pas récompensé. A Toulouse, aucun général ne le célébra. Pierre fut démobilisé. Il apprécia la liberté retrouvée et ne regretta pas la médaille du courage qui ne lui fut pas donnée, et qui n'aurait honoré qu'un régiment vaincu.

Jamais, depuis la communale de Sanluc, Pierre et Jacques ne s'étaient perdus de vue. Leur instituteur, Paul Alban, avait vaincu leur méfiance et les avait unis dans l'amitié en même temps qu'il les conduisait au certificat d'études. Et, quand le pitaud et le fils de maître Dorville, le plus riche fermier de Sanluc, ne furent plus ses élèves, il resta leur maître. C'est lui qui décida de leur avenir, conseillant à l'un et à l'autre la voie qui répondait le mieux à leurs goûts et à leurs aptitudes. Jacques réussit l'entrée à l'école de Grignon et en sortit ingénieur agronome. Pierre se forgea un destin universitaire prestigieux, depuis l'École normale d'instituteurs du Mans jusqu'à l'agrégation, via l'École normale supérieure de Saint-Cloud.

Quand la guerre les appela sous les drapeaux, Jacques bousculait les routines de son père et adaptait la ferme aux techniques modernes. Pierre était professeur au lycée Corneille, à Rouen.

A la terrasse du café où ils s'étaient installés place du Capitole, ils ne prêtèrent qu'une oreille discrète aux propos échangés avec véhémence par les partisans et les adversaires de l'armistice. Humiliés par la défaite, les deux amis s'accordaient le temps de la réflexion avant de décider si, pour eux, la guerre était finie. Dans l'immédiat, l'un voulait reprendre ses cours à Rouen, l'autre retrouver ses terres à Sanluc.

– Nous ferons le point quand nous nous reverrons, dit Pierre.

– On a fait ce qu'on a pu, répondit Jacques.

– Je doute qu'à Sanluc comme à Mairey nous soyons accueillis comme des héros !

Après une dernière accolade, ils se séparèrent en se souhaitant bonne chance.

Loin des combats, maître Grimaud frôla l'héroïsme. Alors que, voitures lourdement chargées, la bourgeoisie garboise fuyait vers la Loire, seul dans sa maison, il attendit l'ennemi. Son courage fut mal récompensé. Les chars de l'envahisseur traversèrent Garbois sans cracher leur mitraille. Le notaire en conclut que les Allemands n'étaient pas les barbares dénoncés par la rumeur.

Il avait mis sa famille à l'abri, Rosine et les filles dans la ferme des Dorville, le garçon dans le manoir familial. L'alerte passée, il rejoignit ce dernier, et Mme veuve Grimaud put féliciter son fils pour son courage.

Sanluc avait mieux résisté à la panique : les fermiers étaient restés dans leurs fermes et les marchands dans leurs boutiques. Mais tous étaient sans nouvelles de leurs soldats et redoutaient le pire.

Quand Jacques Dorville revint, on espéra que les autres s'en retourneraient aussi. Les premières lettres dissipèrent ces illusions. Comme beaucoup d'autres, les combattants de Sanluc étaient gardés prisonniers en Allemagne.

Jacques n'osa montrer sa joie en retrouvant les siens. L'accolade émue du père, les larmes de la mère et de la sœur, les embrassades de Luciole et de Juliette le sortaient du cauchemar de la guerre, mais il y fut ramené par le persiflage des commères qui, de seuil à seuil, colportaient leur sentence :

– En 14, Sanluc avait des héros. En 39, il n'a que des couilles molles...

A l'écart de leurs parents, Rosine demanda à son frère s'il avait des nouvelles de Pierre. Elle ne put lui cacher sa joie de le savoir libre et hors de danger. Mais elle ajouta aussitôt :

– Lorsqu'il viendra à Sanluc, préviens-moi. Je resterai à Garbois avec les enfants.

Jacques avait depuis toujours l'habitude d'obéir à sa sœur sans manifester d'états d'âme ni de curiosité. Il lui promit que, lorsqu'elle viendrait à Sanluc, le pitaud n'y serait pas.

Elle y vint souvent, pendant les années d'Occupation. Elle avait la chance de trouver à la ferme ce qui était introuvable à Garbois, même avec des tickets de rationnement. Elle s'y rendait dans la vieille Ford équipée au gazogène. Camouflées avec le vin dans les caves du manoir, la Citroën et la Renault étaient à l'abri des convoitises de l'occupant. Luciole accompagnait toujours sa mère. Elle eut même le privilège de rester à la ferme pendant les vacances. Rosine récompensait ainsi sa fille de ses premières places à l'école. Juliette, qui avait peur du chien, du coq et des cochons, préférait rester dans la grande maison de Garbois où elle jouait à cache-cache avec le petit frère.

Rosine confiait Luciole à l'oncle Jacques, qui oubliait ses soucis dès que la petite fille accourait vers lui. Il la hissait sur ses épaules, la calait contre son cou, et Luciole lui tirait les moustaches pour qu'il l'emmène à la découverte du monde.

Maître Dorville n'appréciait guère leur complicité.

– Elle se dévergonde sur ses épaules, grondait-il.

Il lui arrivait même d'ajouter :

– Perdre son temps avec une gamine alors qu'il y a tant à faire !

Et il ronchonnait de dépit en bottant le cul du chien.

Il faut bien admettre que, si le fils avait des soucis, le père en était accablé. Le domaine des Dorville était trop riche de cultures et de bétail pour échapper au contrôle tatillon de l'occupant. Il fallait bien de l'astuce pour dissimuler à sa convoitise le beurre, les œufs, les volailles, le veau et le cochon que les citadins de Garbois et du Mans ne trouvaient plus chez les marchands.

Ceux qui pouvaient offrir, en échange, la pièce qui manquait au tracteur ou à la charrue, repartaient les paniers pleins. Ceux qui n'avaient que de l'argent ne repartaient pas les mains vides non plus, mais à condition d'y mettre le prix. Quant à ceux qui n'avaient que leur détresse pour monnaie d'échange, ils ne pouvaient espérer repartir, si le fermier se laissait attendrir, qu'avec quelques topinambours et rutabagas.

Bien qu'il s'en défendît avec véhémence, maître Dorville s'installait dans le marché noir. A son fils qui le lui reprochait, il répondait, acerbe :

– Au lieu de nous attirer des ennuis à écouter Radio-Londres et à disparaître des jours entiers sans dire où tu vas, tu ferais mieux de moins taquiner la gamine et de prendre femme.

Jacques rétorquait que Luciole était une adorable petite fille et que le mariage, auquel il songeait, serait pour plus tard.

Jacques ne fuyait pas la compagnie des femmes. Grand et solide gaillard, œil d'aigle et moustache provocante, il était le coq de Sanluc tant par sa gentillesse que par sa prestance. Au bal, serrées contre lui, les filles se pâmaient, et il reconduisait chez elle, la nuit, celle dont il avait envie. Le lendemain, maman Germaine devait le secouer dur pour le tirer du lit ; elle le taquinait alors sur son retour à l'aube. Mais jamais il ne se laissait aller à la confidence.

En 1943, à la saison des foins, elle crut que son garçon avait enfin trouvé chaussure à son pied. La plantureuse jeune fille qui l'aidait à la ferme foulait, dans les endroits les plus inaccessibles du grenier, le foin que Jacques poussait jusqu'à elle avec une fourche à long manche. A l'abri du regard dans ces recoins obscurs, elle avait enlevé sa jupe pour être plus libre de ses mouvements. Le foin n'arrivant plus, elle crut le travail terminé et entreprit de renfiler sa jupe, mais, rampant jusqu'à elle, Jacques ne lui en laissa pas le temps.

Maman Dorville, qui a tassé le foin au temps de sa jeunesse, connaît cela. N'entendant plus les bruits du travail, elle entre furtivement dans la grange.

Au-dessus d'elle, la coquine qu'elle croyait vierge ne tait pas le plaisir que son Jacques lui donne. Comme les siens autrefois, ses « Non ! Non ! » n'interdisent rien mais permettent tout. Et ce « Ah ! » poussé fort est celui-là même qu'elle, Germaine, poussait lorsque l'Émile entrait en elle... Émile, le beau garçon aux cheveux noirs qui faisait si bien l'amour et qu'elle n'épousa pas, mais que son mariage avec Dorville n'avait chassé ni de son cœur, ni de son corps. Émile qui possédait si peu de terres...

Là-haut, la gourmande en redemande « encore, encore ! » et le foin est secoué de rudes coups de reins... Allons, à quoi bon revivre par procuration les folies de sa propre jeunesse ? Redevenue maîtresse Dorville, Germaine retrouva la lumière crue du jour. Et quand la jeune fille aux yeux clairs vint l'avertir que le foin était tassé, si bien tassé que ça donnait chaud et que ça fatiguait, elle enleva quelques brindilles dans ses cheveux ébouriffés, rajusta sa jupe et son corsage, embrassa longuement ses joues brûlantes et dit doucement :

– Va faire la sieste. Je te réveillerai pour traire les vaches.

Dans les foins du printemps 43, Jacques n'a pas trouvé la bonne pointure. Maître Dorville est agacé, son héritier ne sait pas retenir les filles.

3

Maître Grimaud, qui avait fait ses humanités, voulait que sa fille aînée apprenne le grec et le latin dès son entrée en sixième. Peut-être espérait-il secrètement qu'elle tomberait, comme lui, dans les pièges de la déclinaison et qu'elle serait humiliée par ses professeurs comme il l'avait été.

A Sanluc, Luciole comprit qu'elle n'était plus une enfant lorsque l'oncle Jacques refusa définitivement de la jucher sur ses épaules. Grand-mère Germaine lui apprit que les filles n'étaient pas des garçons et que certains jeux leur étaient interdits. Elle lui dit aussi qu'à onze ans, elle était plus grande que sa mère au même âge et qu'à vingt ans elle serait très jolie.

Luciole fut moins sensible aux promesses de l'avenir qu'aux interdictions du présent. Elle ne cacha pas qu'elle était malheureuse et elle pleura. Pour la consoler, Jacques lui promit de l'emmener en promenade. Ses longues jambes s'accordant mal à celles de la fillette, il lui proposa de prendre la carriole. La joie de guider le cheval compensa la peine qu'avait Luciole de ne plus s'échauffer sur les épaules de l'oncle et de ne plus pouvoir lui tirer les moustaches.

Stupéfait, maître Dorville vit Bellone attelée à la carriole, et la gamine, rênes en mains, assise sur les genoux de son fils. Obéissant aux «Hue!» de l'effrontée, le cheval partit au trot sous son nez.

Jacques entendit bien les hurlements du chien, mais sa décision était prise. Luciole, privée d'épaules, ne serait pas privée de carriole.

Bellone et la carriole, Luciole aux commandes et Jacques se laissant conduire, c'était un spectacle propre à intriguer les commères ! Ce bel homme sans femme et cette fillette qu'il emmène loin dans les bois... Jacques laisse dire. Il sait, lui, que Luciole est la bonne fée qui le protège.

C'est vrai qu'il l'emmène loin dans les bois. Il faut deux heures, au trot soutenu de Bellone, pour rendre visite aux scieurs de long dans la forêt de Bercé. Luciole y retrouve son chêne. C'est le plus beau de toutes les forêts. Il a trois cents ans et mesure cinquante mètres de haut. Quand elle sera grande, elle gravera un cœur dans son écorce et y enfermera son nom et celui d'un garçon. Des cœurs avec des noms, il y en a tout autour du tronc.

Blottie contre son chêne, Luciole voudrait rêver encore, mais les scieurs l'appellent. Elle court vers eux, se laisse soulever du sol et râper les joues à leur barbe dure. Elle les accompagne à leur travail.

La bille de chêne, équarrie à la hache à large tranchant, est hissée sur deux hauts chevalets à l'aide de la chèvre à treuil. Le scieur du haut, debout sur l'extrémité de la bille, et le scieur en dessous empoignent la scie. Les bras d'en haut lèvent, ceux d'en bas tirent, et la scie progresse lentement. Les deux hommes ponctuent leurs efforts de « han » sonores. Ce n'est pas le chant de l'outil que Luciole entend, mais la plainte du chêne que l'on fend. Sous lui, la sciure jaillit en saccades, comme du sang.

Sur le chantier, d'autres hommes en sueur travaillent au même rythme sur d'autres billes hissées sur d'autres chevalets. Jacques a disparu dans la forêt. Il revient, l'air soucieux.

Au retour, un soldat allemand arrête la carriole, demande les papiers, les examine, dévisage longuement l'homme et la fillette.

– Vous connaissez la forêt de Bercé ? demande-t-il dans un français correct.

– Oui, j'en reviens avec ma nièce. C'est la promenade qu'elle préfère. Je l'emmène voir le gros chêne.

– N'y allez plus. C'est dangereux. C'est plein de terroristes.

Il rend les papiers et salue.

Jacques a pris les rênes. Il fouette Bellone. Il faut rentrer vite. Luciole le regarde et se tait. Elle devine que l'oncle Jacques a des secrets. Jacques comprend qu'elle ne dira rien. Personne ne saura. Pas même grand-mère. Il retrouve son calme et donne les rênes à Luciole. Il l'assoit sur ses genoux, l'embrasse, lui dit qu'elle est sa petite fée. Et ils retraversent Sanluc sous les regards des commères.

– Aujourd'hui, nous nous promènerons dans les sapinières. Nous irons voir les « peleux de berrière ».

Jacques aime le patois sarthois. Luciole aussi. Elle veut l'apprendre en même temps que le grec et le latin.

Luciole attelle Bellone à la carriole, prend les rênes, s'assoit sur les genoux de l'oncle et, à la barbe de maître Dorville, l'équipage file vers les sapins. Le chien, qui ne peut suivre, rentre en hurlant dans sa niche.

Jacques promet que, la paix revenue, il emmènera Luciole dans les sapins du circuit des 24 heures du Mans. Les bruyères de Mulsanne ont laissé à Jacques de bons souvenirs. Il en sera peut-être de même pour Luciole. A une petite fille, on ne promet que des frissons au passage des bolides.

Les sapins où les garçons « pèlent la berrière » sont loin des routes et d'accès difficile. La carriole s'engage sur un chemin aux profondes ornières. Les roues s'y enfoncent et les cahots sont si violents que Jacques tient Luciole serrée contre sa poitrine pour l'en protéger. Luciole retrouve la bonne chaleur interdite, celle qui l'échauffait sur les épaules du tonton. Elle voudrait que le chemin soit long.

Les garçons les attendent. Ils sont jeunes. Ils embrassent Luciole, lui disent qu'ils ont des petites sœurs et qu'ils espèrent les revoir bientôt. Ils parlent avec un accent qui n'est pas celui d'ici. Jacques leur recommande la prudence. Les Allemands ont vainement fouillé la forêt de Bercé. Ils vont fouiller les sapinières. A la moindre alerte, il faudra retourner dans les fermes et s'y cacher. Luciole comprend qu'ils se cachent pour ne pas être emmenés en Allemagne.

Les fermiers ont accepté d'en prendre un chacun. C'est risqué, mais ils font confiance à Jacques, c'est un chef bien renseigné. Les jeunes rendent de grands services. Ils remplacent les fils et les époux prisonniers.

L'occupant réquisitionnant la paille, il n'en reste plus pour les litières. Aussi faut-il «peler la berrière». Les garçons ont repris leur travail à la bouelle, un outil dont la lame épaisse et courbe tranche comme une faux. Ils coupent la bruyère au ras du sol et l'amassent en petits tas, des bulots, qu'ils alignent sur la terre nue. Il en faut deux cents pour faire une charretée.

Luciole gambade dans l'épais tapis de fleurs où ses pieds s'enfoncent. Les garçons lui crient : «Luciole, attention aux serpents ! C'est plein d'aspics !» Elle ne craint que la piqûre des sapinettes qui se mêlent à la bruyère.

Au retour, encore les mêmes cahots, et les bras de tonton Jacques qui la serrent jusqu'à la route, où elle reprend sa place sagement.

– Oncle Jacques, nous le referons en carriole, ce chemin ?

L'homme sourit. Sa petite fée est déjà une femme.

Oncle Jacques s'empresse toujours de satisfaire les exigences de Luciole. Elle veut connaître où Rosine a fait ses études jusqu'au brevet, elle veut s'asseoir à sa table d'écolière. On attelle Bellone et, à l'ombre dans le parc du presbytère, on le met à l'attache, les naseaux dans un sac rempli d'un généreux picotin.

Félix, le curé, tapote les joues de la fillette, lui dit qu'il aime l'entendre chanter à la messe le dimanche, et qu'à l'école, seules les élèves ont le droit d'entrer...

– Mais toi, ta maman était notre élève. Tu peux t'asseoir à sa table, c'est permis.

Il prend la main de la fillette, tire la cloche et la porte s'ouvre.

Avec ses tours, ses toits pointus, ses petites fenêtres, l'école ressemble à un château fort. Elle est entourée d'une haute muraille, comme une prison. Peut-être que de belles dames, jadis, y ont été prisonnières. La bonne sœur qui vient vers elle, robe grise et cornette blanche, est peut-être l'une d'entre elles... Elle a le beau sourire de grand-mère Germaine, la même voix douce.

– Venez, Luciole. Je vais vous conduire au pupitre de votre maman. Rosine était une bonne élève.

– Sauf en mathématiques, rectifie le curé. Heureusement que Paul Alban, l'instituteur...

– Rosine était une bonne élève. En tout. Même en mathématiques.

Le ton est cassant, le bon curé n'insiste pas.

Luciole s'installe à la place de Rosine, caresse le bois du pupitre, y pose ses lèvres et murmure une promesse : « Moi aussi, maman, j'essaierai d'être une bonne élève. »

Elle se lève, elle veut partir maintenant. Vite. Des fillettes accourent vers elle, l'embrassent et la retiennent comme si elle était leur prisonnière. Elles prennent les mains de Jacques, celles du curé aussi, les embrassent et les mouillent de leurs larmes. La plus grande s'enhardit :

– Nos papas et nos mamans vont-ils bientôt venir nous chercher ?

– Oui, bientôt, répond Jacques.

Elles pleurent, mais elles rient aussi.

Dans la carriole, Luciole a repris les rênes.

– Oncle Jacques, si on savait qu'elles sont à l'école de maman, est-ce qu'on les emmènerait ?

– Oui.

– Pour les mettre en prison, comme leurs parents ?

– Oui.

– Qui est au courant ?

– Toi. Toi seule

Luciole arrête Bellone. Elle porte dans son cœur la souffrance des petites filles.

– Oncle Jacques, personne d'autre ne le saura.

Luciole est la petite fermière que grand-mère Germaine aime avoir auprès d'elle quand elle trait la Roussette, la vache qui ne donne pas de coups de sabots et ne renverse jamais le seau. Luciole a son trayon. Pendant que grand-mère fait gicler le lait des trois autres, elle s'évertue sur le sien. Queue levée, les chats ronronnent et se frottent aux mollets.

Luciole aime aider grand-mère. Germaine est grande et belle comme maman. Jacques aussi lui ressemble. En plus grand, en plus fort, en homme. Il a le même visage doux et rieur, les mêmes yeux noirs. Rosine aussi. Mais les cheveux de maman et de l'oncle Jacques sont très noirs alors que ceux de grand-mère sont blonds, avec quelques fils blancs.

Grand-père est petit et il a les yeux gris. Comme ceux des chiens méchants. Quand il marche, nerveux et sec, il se tient droit. Grand-mère, dont le corps lourd pèse sur ses jambes fatiguées, marche le dos voûté. Même courbée, elle est grande et belle. Grand-père a beau se redresser, il reste tout petit. Pour cacher son crâne chauve, il porte un chapeau.

– Grand-mère, ils étaient noirs, les cheveux de grand-père ?

– Non. Ils étaient blonds. Comme les miens.

Luciole fait la moue. Elle voudrait que grand-père ait des cheveux gris, comme ses yeux. Elle n'ose pas demander à grand-mère pourquoi sa mère et l'oncle Jacques ont les cheveux noirs.

A table, la bouche de grand-père est méchante, comme ses yeux. Il dit que les gens jasent et que Jacques leur attirera des ennuis avec cette gamine qui l'accompagne, Dieu sait où, dans la carriole. Il ajoute, quand il est en colère :

– Si les boches te foutent en taule, tu l'auras cherché.

Jacques, parfois, s'énerve :

– Et toi, avec ta lessiveuse pleine de billets, tu ne la mérites pas, la taule ?

Un soir, après avoir reproché une fois de plus à son fils ses cachotteries avec la gamine, grand-père annonce que le hongreur viendra demain couper le poulain. Chacun se tait et ce silence intrigue Luciole.

Le repas terminé, elle aide grand-mère à la vaisselle, ce qu'elle fait depuis que la jeune fille est partie. La jeune fille veut être coiffeuse. Elle préfère coiffer les belles dames en ville que retirer le fumier sous les vaches et les cochons. Elle apprend donc la coiffure dans un salon du Mans.

Comme chaque soir, les hommes sortent, lanterne à la main, pour inspecter l'étable, l'écurie, le poulailler... Luciole profite de leur absence.

– Grand-mère, le hongreur, il coupe quoi au poulain ?

Grand-mère hésite. Ce n'est pas chose facile à dire à une petite fille.

– On lui coupe les amygdales, les deux grosses boules sous son ventre. Pour qu'il soit plus tard un beau cheval.

Le poulain a deux ans, c'est le fils de Bellone. Chaque jour, Luciole lui donne une tranche de pain. Il la prend délicatement de ses grosses lèvres poilues et secoue la tête pour dire merci. Quand il fait pipi, il sort de son ventre un long et gros tuyau noir. Quand il le rentre, Luciole peut apercevoir ses deux amygdales, gonflées comme des ballons.

Le hongreur est venu et a coupé ce qu'il devait couper. Elle a entendu les gémissements du poulain maintenu sur le dos, pattes écartées, par quatre hommes. Elle aurait aimé lui dire qu'ainsi il deviendra un très beau cheval, mais Jacques n'a pas voulu qu'elle entre dans l'écurie.

– S'il te voit auprès du hongreur, il croira que c'est toi qui le fais souffrir et il ne t'aimera plus.

Elle a revu le poulain sans ses amygdales. Il a pris sa tranche de pain et il a fait pipi. Comme avant. Elle veut comprendre pourquoi le hongreur enlève ses amygdales au poulain quand le taureau, le verrat et l'étalon gardent les leurs, beaucoup plus grosses.

Embarrassée, grand-mère cherche une réponse qu'elle ne trouve pas. Elle installe Luciole dans son giron et caresse ses cheveux.

– Tu es encore trop petite, Luciole. Plus tard, je te le dirai.

Le hongreur est revenu couper les amygdales des gorets et des taurillons. Luciole s'est enfuie, loin dans les champs, pour ne pas entendre leurs cris.

Le soir, grand-mère a mis sur la table un plat d'amygdales. Luciole a refusé d'y goûter.

– Quand elle aura vingt ans, elle en redemandera ! a ricané maître Dorville, qui a reproché à sa femme de « trop cajoler cette petite vicieuse qui ne regarde les gros animaux que par le derrière ».

4

Tôt le mercredi matin, Jacques arrête la carriole devant la mairie.

– Ce n'est pas un endroit où l'on s'amuse, Luciole. Va embrasser tes amis. Je te reprendrai chez dame Berthe.

La mairie est l'affaire des grandes personnes et l'oncle Jacques a l'air soucieux quand il y entre. Luciole, quant à elle, se réjouit. Elle sait que le tisserand et le sabotier, ses amis, l'attendent comme chaque mercredi. Ils ont leur atelier à la sortie du bourg. Quand elle s'y rend, Luciole ne peut échapper aux embrassades des commères.

– Tu as de beaux yeux, disent-elles, et elles chuchotent entre elles.

Le tisserand travaille dans sa cave. Quand le « Bonjour, père Mouly ! » de Luciole le surprend, les pieds sur les pédales et les mains dans les fils, il a l'air content. Il lui dit d'approcher, essuie sa grosse moustache et fait claquer ses baisers.

– Chante, père Mouly !

Luciole aime la voix du « faiseux de toile », toute vibrante de souffrance et d'espoir. Sa chanson, il l'a apprise à l'école. Il la chante souvent pour se donner du cœur à l'ouvrage. Il est heureux que Luciole la lui demande.

Le tisserand dès l'aube se démène
Tout en croisant la trame avec la chaîne.
Comment, dit-il, pourrai-je fuir la gêne ?
Et tip et tap, et tip et tap !
Un fil cassé, du temps perdu,
Comment pourrai-je avoir mon dû ?
Iroun lan la !
En poussant la navette,
Le beau temps viendra.

Non pour lui seul, mais bien pour tous ses frères,
Les meurt-de-faim, les gueux, les pauvres hères,
Se lèvera l'aurore qu'il espère.
Et tip et tap, et tip et tap !
Un fil cassé, du temps perdu,
Iroun lan la !
En poussant la navette,
Le beau temps viendra.

Le tisserand, malgré sa malchance,
Sait bien pourtant que le printemps s'avance,
Et dans son cœur tressaille l'espérance.
Et tip et tap, et tip et tap !
Au dur tapage des métiers,
L'esprit voyage volontiers,
Iroum lan la !
En poussant la navette,
Le beau temps viendra.

Quand il chante, le père Mouly s'évade de sa cave sombre et humide, et oublie la fatigue de ses bras et de ses jambes qui ne cède que le temps du repas et du sommeil...

– J'aime tes draps de chanvre, père Mouly. Ceux que tu tisses sont les plus beaux. Chez grand-mère Germaine, j'aime dormir dedans.

Le père Mouly a des larmes plein les yeux. La petite Luciole le rend heureux.

Le père Macet chante aussi en creusant ses sabots, des chansons que Luciole entend à la radio. Son atelier n'est pas sombre comme celui du père Mouly. La lumière y pénètre par de grandes fenêtres et le bruit des outils qui taillent et creusent incite à chanter des chansons d'amour.

Le père Macet est heureux quand Luciole vient lui dire bonjour. Il a fabriqué pour ses petits pieds des sabots sur mesure. C'est elle qui a choisi le bois. Elle a hésité entre le nouyer, le foutiau et le bouliau. Le père Macet peut bien parler en patois, Luciole sait que c'est dans du noyer, du hêtre et du bouleau qu'il fait ses sabots. Elle a choisi le plus léger, le bouleau.

Elle a voulu des sabots tout en bois comme ceux de grand-mère Germaine. Ceux qui sont recouverts d'une bride en cuir sont sabots du dimanche, elle n'en veut pas. Même si les siens lui écorchent parfois les chevilles, elle ne pleure pas.

– Monsieur Macet, mes sabots sont plats. Ils vont bientôt percer.

– Viens sur mes genoux, Luciole. Je vais prendre tes mesures pour t'en faire d'autres. En nouyer. Ils seront plus beaux.

Le père Macet est vieux et vit seul. La petite sur ses genoux lui donne autant de bonheur que le nouyer, le foutiau et le bouliau qu'il taille et creuse.

Quand elle s'est attardée chez le père Mouly et le père Macet, elle arrive chez dame Berthe essoufflée.

Dame Berthe ne gronde jamais. Elle essuie le front de Luciole, l'embrasse, la regarde longuement et, comme les commères, lui fait compliment de ses yeux. C'est une très vieille dame. Ses yeux noirs brillent dans son visage ridé, enfoui dans la gouline et les larges rubans noués sous le menton. Elle marche à petits pas, menue et cassée. Père Macet lui fait des sabots noirs sculptés et, sur le cuir des brides, il imprime une rose.

Luciole s'attable devant un bol de chocolat chaud. Une petite fille qui se lève tôt, ça doit « faire les dix heures » pour grandir. C'est Jacques qui donne le lait et le chocolat.

Luciole rejoint ensuite dame Berthe tassée dans son fauteuil. Elle s'agenouille, prend ses mains noueuses dans les siennes et les embrasse.

– Dame Berthe, le petit écolier qui venait chez toi, est-ce que tu le grondais ?

– Oh ! non. Il était trop malheureux pour que je le gronde, même quand il avait fait des bêtises. On l'appelait le « pitaud », parce que c'était un enfant de l'Assistance. Kerkhove, le directeur, l'avait placé chez les Freiquin, de méchantes gens. Paul Alban, l'instituteur, qui était le seul à l'appeler par son nom, disait que Pierre Forelli était son meilleur élève.

– Pourquoi l'oncle Jacques ne l'aimait-il pas ?

– Sans doute parce qu'il était grand, fort et toujours premier.

– Oncle Jacques était jaloux ?

– Je ne sais pas... Un jour, il a dit au pitaud qu'il était trop froussard pour grimper au séquoia. Et l'autre a grimpé. Il s'est balancé tout en haut comme un acrobate au cirque. Tout le monde a pu le voir. C'est miracle qu'il ne soit pas tombé. Il se serait tué.

Dame Berthe se tait. Elle ferme les yeux. Elle revoit son pitaud accroché tel un singe tout en haut du séquoia et elle frissonne.

– Et le pitaud n'est pas tombé...

– Non. Il est redescendu, preste, comme d'une simple échelle. L'instituteur ne l'a pas grondé, mais il l'a retenu après la classe. Je ne sais pas ce qu'il lui a dit, mais c'est ce jour-là que Jacques et Pierre sont devenus de grands amis.

– Il vient encore chez toi, le pitaud ?

– Rarement. Il est professeur, maintenant. Mais ton oncle le revoit sûrement. En cachette, à cause des Allemands.

Au retour, Luciole entreprend l'oncle Jacques qui se défend comme il peut de sa curiosité.

– Pourquoi ne me parles-tu jamais du pitaud, puisque c'est ton ami ?

– Ta mère m'interdit d'en parler. Les questions, c'est à elle qu'il faut les poser.

– Elle le connaît aussi ?

– Oh ! oui. Quand nous allions à l'école, c'est lui qui portait son cartable.

5

– Hitler et les nazis ont perdu la guerre. Les Russes bousculent leurs armées et les Alliés vont débarquer pour nous libérer...

Voilà ce que dit l'oncle Jacques à Luciole, dans la carriole. Il ajoute encore, en lui frottant le nez avec ses moustaches :

– Il ne faut pas avoir peur quand un soldat me demande mes papiers. Quand je suis avec toi, je n'ai pas l'air d'un terroriste !

Pourtant, il est toujours soucieux. Dans les sapinières, il dit aux peleux de berrière :

– Soyez prudents. Les boches rôdent dans le bourg, jour et nuit. On ne vous fera plus de signaux du haut du séquoia.

A table, à la ferme, oncle Jacques ne parle ni de signaux, ni de séquoia, mais des blés de printemps, de l'avoine et de l'orge qu'il faut semer. Maître Dorville est content. Son fils s'intéresse à la terre. S'il osait, il lui dirait que sa place est sur un tracteur et pas dans la carriole, avec l'effrontée.

Une nuit, Luciole est réveillée en sursaut par un violent coup de tonnerre. Accouru vers son lit, Jacques l'a prise dans ses bras.

– Ne crains rien, Luciole. C'est peut-être le séquoia.

Jacques a attelé Bellone et, avec Luciole, il s'est rendu le plus vite possible à l'école. C'est bien le séquoia. On l'a dynamité. Son grand corps gît sur le sol, déchiqueté. Les gens du bourg, rassemblés autour, se taisent. Les femmes pleurent. Les hommes se tripotent nerveusement les mains, comme à l'enterrement d'un ami. Le toit de l'école aussi a été défoncé et les fenêtres arrachées.

Jacques a donné des ordres. On est revenu avec des outils et des charrettes et le séquoia s'en est allé, morceau par morceau. La souche a été arrachée. Jacques voulait qu'il n'en reste rien d'autre que le souvenir.

Sanluc, qui a vécu l'Occupation sans en connaître les horreurs, n'attend que le retour de ses prisonniers. Aucun des siens n'a été déporté ni fusillé. Mais le 30 mars 1944, on a assassiné son séquoia et son histoire en sera à jamais marquée.

Quand l'école a eu un nouveau toit et des fenêtres neuves, que les gamins ont repris leurs jeux dans la cour sans âme, l'oncle est venu et il a promis :

– Le jour de la victoire, nous planterons au même endroit un autre séquoia.

Lorsqu'à la saison des battages, Sanluc et Garbois ont applaudi les chars libérateurs qui filaient vers Le Mans et Paris, oncle Jacques a tenu sa promesse, il a planté le séquoia. On l'a baptisé « 44 » et le curé l'a béni. L'ancien, les « Rouges », qui le voulaient pour eux seuls puisque les « Bleus » avaient leur église, l'appelaient « 89 »...

« 44 » a uni dans la victoire tout Sanluc, « Rouges » et « Bleus ».

6

Oncle Jacques ne s'inquiète plus pour ses peleux de berrière et ses terroristes, puisque tous sont retournés chez eux. Maître Dorville a toujours sa lessiveuse. Sanluc attend le retour de ses prisonniers. Les papas et les mamans des petites filles ne reviendront pas les chercher.

La bourgeoisie garboise oublie les années noires et retrouve dans les magasins et les boutiques de quoi réveiller ses fringales. Les gourmets retiennent leur table dans les restaurants et les femmes élégantes renouvellent leur garde-robe.

Maître Grimaud est le grand bénéficiaire du débridement des appétits. L'Occupation n'ayant pas acculé tous les riches marchands à la faillite, les lessiveuses pleines de billets de banque ne manquent pas à Garbois. Aussi le notaire conseille-t-il en son étude plus d'hommes et de femmes que le curé n'en entend en confession. Il n'a guère de temps à consacrer à Rosine, qui ne s'en plaint pas. Il lui a offert un cabriolet Panhard. La Ford et son gazogène ont rejoint la ferraille, suivis par la Renault et la Citroën restées trop longtemps emmurées dans le tuffeau. Une confortable voiture américaine témoigne à tout Garbois que maître Grimaud est le digne fils de son père.

Juliette découvre les joies du scoutisme, Henri celles de la brasse et du canotage. Mme veuve Grimaud surveille ses ébats. Luciole préfère toujours au confort douillet de la maison de Garbois la rude vie campagnarde de Sanluc. A toutes les vacances scolaires, Rosine l'y conduit dans son cabriolet. Encore étourdie par la vitesse, elle dit au revoir à sa mère qui ne s'attarde jamais à la ferme et retrouve avec joie grand-mère Germaine et oncle Jacques.

Un jour, maître Dorville trouve la mort, écrasé par son tracteur. A son enterrement, Luciole verse ce qu'il convient de larmes et se réjouit que l'oncle Jacques soit le nouveau maître Dorville.

Libérée des regards malveillants de son grand-père, comblée de gâteries et de tendresse, désireuse de tout apprendre et tout comprendre, elle découvre les trésors de la nature en même temps que ceux du grec et du latin. Pour épater les bergers qu'elle accompagne aux herbages, elle leur récite des vers de Virgile. Ils n'y comprennent rien, mais en profitent pour lorgner les rondeurs naissantes de son corsage. Le grec et le latin, si rébarbatifs aux autres lycéens, sont pour elle source de joie. Elle goûte la saveur des *Bucoliques* auprès de ses bergers, et Homère la rend attentive à « l'aurore aux doigts de rose » qui incendie le ciel de ses premières lueurs. La ferme des Dorville lui révèle les richesses des langues mortes et stimule son ardeur à les assimiler.

Bien avant qu'Homère et Virgile ne donnent une dimension poétique à son amour de la nature, Luciole était curieuse de tout ce qui engendre la vie. Au lycée, son professeur l'avait laissée sur sa faim lorsqu'il avait tenté d'expliquer la mystérieuse alchimie des étamines, du pollen et du pistil qui transforme en fruit une fleur épanouie. A la ferme, elle épiait les accouplements des animaux. Elle s'amusait des empressements du coq et de son équilibre instable sur le dos de la poule avant que bascule jusqu'au sol le panache mordoré de sa queue. Elle n'avait que mépris pour ce gros lapin solitaire qui chevauchait nerveusement la compagne qu'on lui amenait, et remuait du râble avec une telle vélocité que sa mitraille s'achevait en une grotesque renversée sur le dos.

Sa curiosité fut enfin satisfaite lorsqu'elle réussit à tromper la vigilance de l'oncle Jacques et qu'elle assista, avec la complicité perverse des valets, aux amours des gros animaux. Les grandes lui avaient appris le vrai nom de ces « amygdales » que le hongreur n'avait pas coupées, et à quoi elles servaient. Elle ne trouva aucune grâce au taureau, qui faisait son affaire sans s'attarder ; le verrat lui inspira du dégoût ; en revanche, la puissance voluptueuse de l'étalon la laissa rêveuse. Cette débauche de forces qui donnaient la vie ne l'émouvait cependant pas encore.

Vers sa quinzième année seulement, restée un jour auprès de la jument après le départ de l'étalon, elle s'abandonna à des émois qui lui embrasèrent le corps.

Depuis qu'elle raflait tous les prix de grec et de latin, Ovide l'accompagnait dans ses découvertes érotiques et Socrate lui enseignait que l'essentiel est de se bien connaître. C'est donc tout naturellement et sans aucune perversité que, vers seize ans, elle décida de ne plus rien ignorer sur elle-même. Il lui fallait perdre cette virginité, coquetterie suprême des jeunes filles à marier dont Rosine lui vantait l'attrait qu'elle représentait. Platon et Marc-Aurèle l'absolvant par avance, il était temps qu'elle se libérât de cette entrave à la connaissance.

Maurice Maeterlinck lui avait révélé les délices et les cruautés du vol nuptial de l'abeille. Luciole ne souhaitait certes pas la mort de son bourdon vainqueur ni celle des autres, éconduits, mais cette voluptueuse ascension vers l'azur et l'étreinte fatale qui la couronnait la séduisaient. Aussi rêvait-elle d'imiter la reine des abeilles dans les herbes parfumées qui poussaient au bord du ruisseau.

Ses bourdons à elle, c'étaient les bergers qu'elle provoquait en gambadant, jambes nues et jupe troussée, dans les prairies où ils gardaient les vaches. Elle les défiait en des courses folles qui les lançaient à sa poursuite. Quand elle se savait sur le point d'être rattrapée, elle se laissait tomber dans l'herbe, sa jupe ne cachant plus rien de ce qu'elle devait cacher. Affolés par les rondeurs de sa petite culotte, ses poursuivants plaquaient gauchement leurs paumes sur leur braguette pour en dissimuler la protubérance tandis qu'elle se relevait avec des grâces et des lenteurs félines.

Quand ces jeux ne suffirent plus à l'amuser, elle décida de les conclure en apothéose en désignant celui qui aurait ses faveurs. Elle choisit le berger le plus robuste et le plus déluré, fier de ses dix-sept ans, de sa taille et de sa carrure prometteuse. Elle lui donna rendez-vous sous les saules du ruisseau, là où Rosine lui avait dit que son oncle Jacques et Pierre, le pitaud, s'étaient mis nus sous ses yeux. Il lui semblait avoir besoin de ce souvenir pour connaître l'amour.

Quand, rusant comme un Sioux pour ne pas alerter ses camarades, le berger arriva, Luciole l'attendait sans émotion apparente. Jouant de la jupe et du corsage, elle l'affola avec des minauderies de femelle. Lorsqu'elle le sentit mûr pour l'offensive, elle colla ses lèvres sur les siennes et se laissa culbuter dans l'herbe. Il arracha les lingeries qui masquaient sa nudité et, sans ménagement, la pénétra d'un seul coup. La douleur et la chaleur de la déchirure lui arrachèrent une plainte. Elle espérait encore, pour la conduire au paroxysme, les lenteurs et les ardeurs de l'étalon. Elle n'eut que la brusquerie du taureau.

Et quand, pantalon sur les sabots, éperdu devant le sang sur les soieries, le grand dadais s'excusa d'avoir « fait ça à mademoiselle », Luciole comprit que, comme le taureau, il ne « ferait pas ça » une seconde fois. Son corps était déçu. Du moins l'amour n'était plus un mystère.

Elle obtint du berger qu'il ne se vantât pas de l'affaire, et elle ne revint plus jamais folâtrer dans les pâturages, qui n'avaient plus rien à lui apprendre. Il lui aurait répugné de renouveler l'expérience. La leçon qu'elle tira de cette brève étreinte, c'est que, si l'âme n'est pas séduite, l'amour n'est qu'animalité.

Confiante en son étoile, elle décida d'attendre sans impatience l'embrasement de son âme.

De retour à Garbois, Luciole confia à sa mère que le plus beau, le plus robuste des bergers de Sanluc, l'avait déniaisée. Rosine avait, depuis son enfance, encouragé les confidences de sa fille. Avec le temps, l'aveu des fantasmes les moins avouables était devenu entre elles une question d'honneur. Une complicité les soudait dans le même refus des mensonges et des interdits. Rosine ne fut donc pas surprise d'apprendre que Luciole avait sacrifié sa virginité à son ardent besoin de tout connaître. Elle sourit : sa fille était d'une autre race que ces oies blanches engrossées à la première culbute.

Attendant de sa mère la même transparence que celle qu'elle lui offrait comme gage d'amour et de confiance, c'est sans arrière-pensée ni cruauté que Luciole mit celle-ci sur des charbons ardents :

– J'ai voulu que cela se passe à l'endroit même où ton pitaud s'est mis nu devant toi. Je voulais que tu sois près de moi.

– Tu voulais aussi le pitaud près de toi ?

– Oui. Pas pour être mon berger. Pour être le tien.

Après une pause et quelques baisers :

– Si le pitaud avait eu l'âge de mon berger, tu n'aurais pas désiré qu'il te fasse l'amour ?

Rosine se troubla et déroba son regard à sa fille.

– Si. Mais je n'avais pas ta hardiesse.

Encouragée et intriguée, Luciole poursuivit :

– Crois-tu qu'il aurait été plus habile que mon berger ?

–Je le crois.

–Tu l'aimes, ton pitaud, n'est-ce pas? Tu l'as aimé ?

Aucune réponse ne vint. Luciole comprit qu'un secret était cadenassé dans le cœur de sa mère et qu'il lui fallait respecter son silence.

Les maîtres de la littérature répondant toujours aux questions qu'elle se posait, Luciole voulut savoir quels ouvrages avaient la préférence de ses parents. Elle s'inquiéta de la place privilégiée que *Madame Bovary* occupait dans la bibliothèque de sa mère, mais fut heureuse d'y découvrir aussi le *Décaméron* de Boccace. Rosine lui semblait la synthèse de toutes les héroïnes du Florentin, mais une synthèse plus belle, plus intelligente, plus séduisante, plus passionnée. Elle comprenait maintenant pourquoi ce livre, qui ne l'avait guère séduite à première lecture, était son livre de chevet. Mais que sa mère associât ses amoureuses comblées de tous les plaisirs et bonheurs de l'amour au destin tragique d'Emma Bovary l'intriguait. Avec le temps, elle en apprendrait sûrement davantage.

Sa surprise ne fut pas moindre lorsqu'elle découvrit que le livre préféré de son père était *Vies des dames galantes* de Brantôme. Voilà qui était loin de ses recueils juridiques ! Ce livre réveilla en elle, quand elle le lut, une sensualité qu'elle croyait maîtrisée depuis les brusqueries du berger. Qu'un homme aussi important et respectable que son notaire de père prît plaisir à ces fornications raffinées, racontées avec un luxe de détails, la plongea dans la perplexité. Elle s'étonnait de n'avoir jamais surpris chez ses parents le moindre abandon amoureux. S'appliquaient-ils à être pour leurs enfants des modèles de maintien et de décence ? Émoustillée par l'érotisme de ces pages, Luciole soupçonna plutôt son père d'apprécier davantage l'amour des dames galantes que le sage abandon d'une épouse dans le lit conjugal. Elle garda toutefois ses découvertes et ses réflexions pour elle. Admettant les silences de Rosine, elle s'accorda le droit d'avoir aussi les siens.

7

Depuis son entrée au collège, Luciole a ébloui de ses dons les professeurs les plus exigeants, et chaque fin d'année scolaire a confirmé par l'abondance des premiers prix une supériorité qu'aucun élève ne lui jalouse. Aussi ses études secondaires ont-elles été sanctionnées par un bac avec mention « très bien ».

Après des compliments familiaux qui ne la grisent pas, elle peut échapper à la grisaille bourgeoise de Garbois et respirer l'air pur de la vraie vie dans la ferme des Dorville. Elle entre dans sa dix-huitième année, et, toujours curieuse des êtres et des choses, poursuit sa quête obstinée de connaissance.

Lorsque l'oncle Jacques lui annonce que le professeur Forelli-Alban viendra aux vacances partager leur vie, elle se sent comblée. L'événement mobilise dès lors son esprit et son cœur. Car ce professeur prestigieux, ami d'enfance de l'oncle Jacques, est aussi le pitaud de Rosine. Elle va enfin connaître ce mystérieux personnage...

Consciente de ne pouvoir empêcher qu'un jour ou l'autre cette rencontre ait lieu, Rosine n'a pas refusé l'invitation de Jacques. Aux silences de sa mère, Luciole comprend que le pitaud existe toujours pour elle. Comme une espérance ou un remords.

A chaque congé universitaire, le professeur Pierre Forelli-Alban revenait à Mairey, chez la Mélie et

Paul Alban, ses parents. Les années d'Occupation avaient encore resserré les liens qui les unissaient depuis son enfance de pitaud. Par l'adoption, il était devenu leur fils. Auprès d'eux, il s'abandonnait au bonheur d'aimer et d'être aimé.

Pour qu'on ne soupçonne pas ses activités de résistant, Pierre ne laissait rien ignorer de ses travaux. S'il restait enfermé de longues heures dans sa chambre, c'était pour y rédiger sa thèse de doctorat. Professeur agrégé, muté du lycée Corneille à Rouen au lycée Louis-le-Grand à Paris, il comptait sur le brio de sa soutenance pour obtenir une chaire à l'université.

Mélie s'inquiétait d'un tel acharnement au travail et craignait que son pitaud n'y laissât sa santé. Pour la rassurer, Pierre s'accordait quelques jours de repos à Sanluc, chez dame Berthe, qui faisait des prodiges pour le gâter comme autrefois, malgré les rationnements de l'Occupation. Le départ de Paul Alban pour l'école de Mairey et son mariage avec la Mélie avaient laissé la vieille dame dans une douloureuse solitude. L'institutrice qui succédait à Paul Alban à Sanluc n'avait pas besoin d'elle pour le ménage et la cuisine. L'entretien du jardin où il aimait l'associer à ses travaux et à ses joies avait été confié à un jardinier qui le cultivait pour son propre compte. Dame Berthe se serait laissée aller au chagrin si Paul Alban et la Mélie n'étaient souvent revenus lui apporter le réconfort de leur tendresse et lui donner des nouvelles de Pierre. Elle l'aimait tant, son pitaud ! C'est chez elle que, enfant, il oubliait les rudesses des Freiquin et se consolait en croquant une barre de chocolat Meunier. Aux vacances, il accompagnait ses parents. Dame Berthe était fière alors d'apprendre aux commères que le pitaud devenait « un grand monsieur ».

A Sanluc, après la défaite et l'Appel du 18 juin 1940, les Rouges et les Bleus avaient cessé de s'affronter. Pétain et de Gaulle avaient leurs partisans dans l'un et l'autre camp ; une commune prudence tempérait les ardeurs de convictions que n'échauffait d'ailleurs plus, au café, à la sortie de la messe, le vin devenu rare. Une longue habitude de vivre ensemble et de partager peines et joies unissait, malgré leurs divergences, des êtres pour qui, comme en 14-18, « le boche était l'ennemi ».

A la mairie, Jacques Dorville avait succédé à M. Legeay, le boulanger. Sa fonction lui laissait moins de temps pour visiter les familles sans nouvelles de leurs déportés, dont lui-même ignorait le sort, comme n'importe lequel de ses administrés. Il s'était adapté aux contraintes de la guerre et, comme son prédécesseur, biaisait avec l'occupant. Il fallait ruser, en effet, pour mettre Sanluc à l'abri des cruautés et des rapacités des nazis... Il n'y aurait à la Libération ni crâne tondu, ni exécution sommaire, ni indignité nationale.

Pendant les années noires de la guerre, le repos de Pierre chez dame Berthe masquait des activités que tous ignoraient, sauf Jacques et Paul Alban, qui militaient dans le même réseau de Résistance. La victoire acquise, ils se sentirent presque honteux d'être vivants alors que tant de cadavres de déportés s'entassaient dans les charniers des camps. Vingt-sept années plus tôt, après l'hécatombe de Verdun, Paul Alban avait éprouvé le même sentiment.

Durant ces quatre années, Pierre retrouvait son ami Jacques en cachette de son père. Maître Dorville gardait à ce pitaud maudit une rancune si tenace qu'il l'aurait chassé du fouet et de l'insulte s'il l'avait débusqué dans sa ferme. Il ne lui pardonnait pas les humiliations que Paul Alban et le Freiquin lui avaient fait subir...

A sa mort, les intérêts de sa fille furent âprement défendus par son notaire de mari. L'étude de maître Grimaud y gagna un surcroît de prestige et de considération. Quant à Rosine, son statut de riche héritière lui valut une cour empressée de la part des hommes, et la malveillance doucereuse des femmes. Elle s'en accommoda avec la distinction hautaine de celles qui se savent enviées et désirées. Elle préféra dès lors être séduisante et jalousée à Garbois plutôt que fermière fortunée à Sanluc, et ne revint au domaine que pour Luciole.

Sanluc s'engageait dans le renouveau de l'après-guerre lorsque dame Berthe s'éteignit doucement dans les bras de la Mélie. Elle disparue, Pierre n'avait plus d'ancrage à Sanluc. Mais Jacques s'empressa de lui proposer sa ferme pour le temps qu'il réservait jusqu'alors à la vieille dame. A la joie de renouer avec leur enfance, il ajoutait le piment de la curiosité : Luciole, la fille aînée de Rosine, serait là. Ainsi, en levant les interdits de son défunt père, Jacques offrait à son ami une revanche et une aventure. Pierre était bien décidé à saisir l'une et l'autre, mais il s'étonnait d'éprouver plus d'impatience à connaître la fille de Rosine qu'à savourer la joie de revenir dans cette ferme dont il avait été chassé.

S'il n'ignorait rien des succès scolaires de Luciole, il ne l'avait jamais rencontrée. Il croisait parfois sa mère à Garbois. Ils se saluaient alors en affectant l'indifférence et continuaient leur chemin sans échanger une parole. Rosine avait choisi : elle avait épousé le notaire malgré la passion qui les avait unis lorsqu'il était normalien. Éconduit et humilié, le pitaud se devait de respecter ce choix. Le professeur Forelli-Alban n'en regrettait pas moins d'être privé du bonheur d'avoir comme élève Luciole, dont tous louaient les dons exceptionnels.

La présence du pitaud dans la ferme des Dorville est un événement que le professeur veut spectaculaire. Aussi est-ce dans le luxe raffiné de son cabriolet Citroën qu'il file vers Sanluc, lui qui, jusque-là, s'y essoufflait à bicyclette. Il traverse le bourg avec les mêmes lenteurs et les mêmes pétarades que la Ford de maître Dorville annonçant au village, à grand renfort de klaxon, le retour glorieux de Rosine reçue au brevet. Agrégé de l'université, le pitaud peut prétendre aux mêmes honneurs.

L'affolement des poules et la fureur du chien annoncent l'arrivée du professeur. Luciole l'attend, seule. Au premier regard, tout en lui la séduit : la taille imposante, l'élégance de la mise, la douceur du visage. Elle reste figée, résistant à la force mystérieuse qui l'attire vers lui.

Gauche comme un adolescent, le professeur reste immobile aussi. Rosine, oui, Rosine est devant lui. Telle qu'il en garde le souvenir lorsque, séduisante et cruelle, elle s'amusait de sa gêne et de son accoutrement de pitaud. Il s'attarde malgré lui sur tout ce qui, en la fille, lui rappelle la mère. Mais soudain, il sait qu'elle est différente : Luciole n'a pas les yeux noirs de Rosine. La lumière des siens, d'un bleu profond, le pénètre. Ces yeux-là, comme les siens, voient au-delà du regard des autres.

D'un même élan, ils sont l'un contre l'autre, et Luciole se laisse emporter dans des embrassades et des rires qui la grisent.

– Monsieur le professeur, vous m'avez étourdie. J'ai peine à tenir debout.

– Me le reprochez-vous ?

– Non. Dans vos bras, j'étais comme une enfant heureuse de jouer avec son père.

Grand-mère Germaine et l'oncle Jacques doivent soustraire le professeur à sa curiosité : il faut installer l'illustre invité.

Le lendemain, au premier chant du coq, Luciole frappe à sa porte.

– Venez, monsieur le professeur, venez. Je veux être la première à vous faire visiter la ferme.

Il la suit, docile, subissant son ascendant comme il a subi autrefois celui de Rosine.

– Appelez-moi Pierre. Je ne veux être ici « monsieur le professeur » pour personne. Surtout pas pour vous.

Elle lui sourit. Puis, avec une espièglerie qui rappelle au professeur ses propres audaces de pitaud :

– Je crois que je vous aurais appelé Pierre sans votre permission.

Elle le promène dans la ferme et ne lui cache rien de ses curiosités et de ses découvertes. Cette gourmandise de l'esprit jamais rassasiée, Pierre y a consacré sa vie. En écoutant Luciole, il découvre en elle les mêmes exigences et les mêmes appétits.

La ferme des Dorville fait mieux que s'adapter aux temps nouveaux et aux techniques nouvelles, elle les anticipe. Jacques met en pratique ce que l'école de Grignon lui a appris pour le présent et l'avenir. S'il y a moins de chevaux à l'écurie, c'est que, rangées dans des hangars, des mécaniques agricoles dernier cri les remplacent.

Bien qu'il se réjouisse de ce progrès, Pierre ne peut s'empêcher d'éprouver une certaine nostalgie. Le monde a changé, la page du cheval est tournée, le bourrelier et le maréchal-ferrant n'auront pas de successeurs, on ne travaillera plus la terre comme avant, on ne fera plus de la moisson et des battages une réjouissance collective...

La visite s'achève lorsque Luciole, enhardie par le maintien modeste du professeur, interroge :

– Pierre, vous qui avez connu maman à mon âge, dites-moi si je lui ressemble.

– Vous êtes aussi belle qu'elle l'était.

– Je n'ai pas ses yeux, pourtant.

– Je n'ai pas dit que vous lui ressemblez, mais que vous êtes belle, comme elle.

– Mais ces yeux bleus ? Personne, chez les Dorville et chez les Grimaud, n'a ces yeux-là. Pourquoi ?

N'étant pas un spécialiste de l'hérédité, le professeur s'aventure dans la théorie de Mendel pour tenter d'expliquer l'inexplicable. Une aïeule, une très lointaine aïeule, a peut-être accepté ou subi les ardeurs d'un Viking. Ainsi, après des générations d'oubli, Luciole a pu hériter...

Le sourire incrédule et moqueur de Luciole le fait renoncer à une explication dans laquelle il s'enferre.

– Vos yeux, comme votre beauté, n'appartiennent

qu'à vous. Personne d'autre n'a un regard si éclatant ni si profond.

– Je crois que si.

Le regard de Luciole affronte celui de Pierre qui n'en ressent aucune gêne. Un bonheur qu'ils n'ont jamais connu les rapproche pour une étreinte pure.

– Pierre, je voudrais que vous me disiez « tu ».

– J'attendais que *tu* me le demandes. Le « tu » abat les barrières. Je veux qu'il n'y en ait aucune entre nous.

Bras dessus, bras dessous, ils obéissent à la cloche qui les appelle pour le repas. A table, grand-mère Germaine les place côte à côte.

Seule dans sa chambre, Luciole rêve à ce Viking aux yeux clairs qui a peut-être engrossé sa lointaine aïeule, mais il lui faut admettre que son esprit refuse cette fable.

8

Luciole s'impose dans la vie de Pierre avec des audaces qui n'appartiennent qu'à elle. Rien à voir avec les effronteries de lycéennes qui testent leur pouvoir de séduction. Pierre connaît bien ces audaces-là, pour en avoir été l'objet dans les classes où il enseigne. Il sait éviter les pièges des adolescentes amoureuses de leur professeur. Luciole ne le provoque pas de la robe ou du corsage. Quand il l'embrasse, elle ne lui tend pas ses lèvres. C'est autrement qu'elle le trouble. Ses audaces sont celles de l'esprit. Elle veut tout savoir de lui et, souvent, sa curiosité le met à la torture. Il lui faut, pour elle, remonter le temps et revivre sa vie de pitaud. Elle exige qu'il soit, comme elle, transparent.

Elle ne veut rien ignorer de ses extravagances et de ses misères : l'escalade du séquoia, les crottes de chien dans l'église, la dureté des Freiquin, la cruauté de Dorville, mais aussi la tendresse de la Mélie et celle, plus rude et exigeante, de Paul Alban.

Elle refait, avec lui, sa route d'écolier, celle qui le ramenait après la classe à la ferme des Freiquin. Le cœur serré, Pierre y cherche vainement ses souvenirs d'enfance. Ce chemin qu'il a tant martelé de ses sabots a disparu dans les ronces et les herbes sauvages. Le champ où le Freiquin cultivait le seigle, la citrouille et le chou-moelle est en jachère.

Quand ils arrivent dans la cour du bordage, Pierre ne peut maîtriser son émotion. Plus rien de l'habitation, mais des pans de muraille écroulés sur des monceaux de tuiles d'où émerge une forêt d'orties. Tout est désert et silencieux. Ce passé, dont il garde les cicatrices sur les mains et les meurtrissures dans le cœur, est implacablement poussé vers le néant. Comme s'il ne pouvait s'y résigner, Pierre fixe les ruines.

– Je n'aime pas cet endroit où tu as tant souffert, dit Luciole.

– Ce n'est pas l'endroit qui me retient ici. C'est mon enfance.

Luciole n'entend rien. Elle fuit ces lieux hostiles, évitant les ronces et les pièges du chemin. Elle est déjà sur le vieux pont quand Pierre la rejoint.

Sans s'en rendre compte, il reprend son ton de professeur :

– La souffrance est source de joie si on sait la vaincre. Ici, j'étais heureux car j'étais plus fort qu'elle.

Il l'attire vers lui et frôle des lèvres son visage incrédule :

– Toi aussi, il te faudra apprendre à souffrir si tu veux connaître les joies de la vraie vie.

– Je sais souffrir, réplique-t-elle vivement. Je n'ai pas souffert d'absence d'amour et de mauvais traitements comme le pitaud. Mais le peu que je sais, crois-tu que je l'aie appris sans souffrance ? « Me faudra-t-il souffrir encore, souffrir toujours, pour en savoir davantage ? »

Elle cite Platon comme si elle avait besoin de son soutien pour la guider dans sa quête douloureuse de connaissance.

Pierre ne lui cache pas sa fierté de la savoir en si bonne compagnie et lui avoue que cette souffrance-là l'a harcelé toute sa vie. Il découvre en elle les mêmes exigences de l'esprit que chez lui, la même volonté d'en payer le prix. Luciole le séduit parce qu'elle lui ressemble. Il regrette que leur rencontre soit si tardive et il se met à espérer qu'elle restera dans sa vie.

Penchés sur le parapet du vieux pont, Luciole et Pierre regardent le mince filet d'eau se faufiler entre les cailloux. Comme au temps du pitaud, le ruisseau marque la frontière entre l'opulence et la misère. A gauche, les terres ingrates des Freiquin et des mécréants à qui le Bon Dieu refuse sa miséricorde. A droite, les herbages plantureux, les riches cultures et les fermes cossues des Dorville et autres bons chrétiens.

Les prairies que le soleil d'août a jaunies attendent septembre et ses pluies pour reverdir et engraisser de nouveaux troupeaux. Taches mobiles sur l'azur, de puissantes machines tirées par de bruyants tracteurs enlèvent le chaume et arrachent des nuages de poussière au sol qu'il faut préparer pour les labours d'automne et les semailles. Août n'accorde plus comme avant son traditionnel repos aux hommes.

Les haies, les arbres, les buissons, tout ce qui jadis accrochait le regard du pitaud, ont disparu. Rien d'autre que de vastes étendues à perte de vue, que cultivent ceux qui ont pu rester fidèles à la terre. Les autres, chassés de leurs fermes, cherchent en ville un autre emploi.

Luciole respecte le silence de Pierre. Elle devine que le pitaud rumine son passé et que la nostalgie lui voile la beauté du présent, mais elle ne peut pas éprouver ses états d'âme. Le progrès la passionne, et peu lui importent les bouleversements qu'il engendre. Elle sait que son oncle Jacques rachète les terres des fermiers qui ne peuvent remplacer le cheval par le tracteur. Elle sait aussi qu'il a acquis, en viager, le bordage des Freiquin, leur assurant jusqu'à leur mort un maigre revenu qui s'ajoute à celui de leurs terres ingrates. Quant à ces champs que Pierre croit abandonnés, ils se reposent sous les ronces et les herbes folles dans l'attente d'un ensemencement qui en fera de belles sapinières.

Elle croit son oncle lorsqu'il lui assure qu'il restera seul fermier à Sanluc. Bien qu'elle se défende d'être une Dorville, elle est plus sensible à la puissance du vainqueur qu'à la détresse du vaincu.

Pierre ne détache plus son regard de l'eau vive qu'une bande de vairons, gueules ouvertes, engouffrent goulûment. Luciole décide de mettre un terme à sa méditation.

– Les grenouilles pondent-elles encore dans ce ruisseau ?

Ce brusque rappel d'un souvenir d'enfance l'arrache à ses pensées.

– Tant que rien ne viendra perturber leurs habitudes...

– D'autres écoliers risquent donc de connaître ta mésaventure ?

Malicieuse, elle guette sa réaction.

– Non. Les instituteurs d'aujourd'hui enseignent autrement. Le monde dans lequel vivent leurs élèves est différent. C'est celui-là qu'ils doivent leur apprendre. Alors, la métamorphose du têtard, tu comprends...

Luciole encaisse la leçon, mais revient à la charge.

– Vous mettre nus, Jacques et toi, devant Rosine, n'était-ce pas inconvenant ?

– Si. Mais nous l'avons fait sans malice.

Légère et décidée, elle a posé les pieds sur les cailloux du ruisseau.

– Je voudrais que tu m'accompagnes jusqu'à l'endroit où ils étaient, ces fameux œufs de grenouille.

– Allons-y. Mais par la prairie. Le ruisseau est traître. Malgré la sécheresse, ses creux profonds gardent l'eau.

– Tu crains de devoir te déshabiller pour les franchir ?

– Oui.

Ils éclatent de rire. Luciole prend la main du professeur pour se hisser jusqu'à la rive.

– N'aie pas peur. Je ne t'imposerai pas cela.

A l'ombre des saules, ils marchent dans les herbes roussies. Ni troupeau, ni berger pour les regarder passer. Seules, quelques hirondelles piquent du bec des sauterelles ou pourchassent des mouches et des taons qui ne trouvent plus refuge sur le mufle des vaches.

Luciole veut que Pierre lui raconte ce qu'elle sait déjà. Elle l'imagine, fuyant nu vers l'école, le fouet de maître Dorville lui cinglant les fesses et sa jeune virilité n'échappant pas aux commères. Elle imagine aussi le retour de maître Dorville, le nez et la mâchoire en sang.

– Grand-père n'a eu que ce qu'il méritait et ton instituteur a bien fait. Grand-père n'aimait pas plus les pitauds qu'il n'aimait les yeux bleus. Les miens, par exemple.

Le signe de complicité qu'elle espère sur le visage de Pierre ne vient pas. Elle n'en est pas déçue.

– Rosine était-elle aussi cruelle que grand-père ?

– Parfois.

– Alors, pourquoi lui portais-tu son cartable ?

– Elle était si belle que je ne pouvais rien lui refuser.

– Tu l'aimais ?

– Oui. Mais un amour d'enfant n'est pas encore l'amour.

– Et plus tard ?

Luciole attend vainement la réponse. Pierre s'enferme dans un silence pour elle aussi éloquent qu'un aveu. Ils arrivent à l'endroit où, fouet en main, maître Dorville attendait le pitaud.

– C'est ici, dit Pierre.

Un autre souvenir, bien différent, efface celui que Luciole lui remet obstinément en mémoire. C'est à ce même endroit que Rosine l'a initié à l'amour quand il était normalien. Mais ce souvenir-là, bien qu'il le sache exposé aux faiblesses de son cœur et à la quête entêtée de Luciole, il veut en garder le secret.

A l'ombre de la haie, là où l'herbe a échappé aux ardeurs de la canicule, Luciole s'agenouille. Elle a décidé qu'en cet endroit Pierre n'ignorera plus rien d'elle-même. Elle veut ne rien cacher de ses curiosités à cet homme célèbre et séduisant qui n'éveille pas son désir. Se sentant comprise, elle les lui confesse sans pudeur et ne lui épargne rien de ses émois ni de ses dégoûts.

Lorsqu'elle lui raconte comment elle désobéissait à l'oncle Jacques pour, en compagnie des valets, aller voir le taureau, le verrat ou l'étalon remplir leur fonction de mâle, il se souvient d'avoir connu les mêmes curiosités perverses. Il ne s'étonne ni de l'audace, ni du sage maintien de la pénitente et ne voit dans sa confession aucun penchant pour l'encanaillerie, mais une saine et exaltante fringale de l'esprit.

Rassurée et encouragée par son sourire indulgent, Luciole ose lui avouer l'inavouable :

– C'est ici que j'ai voulu connaître l'amour. J'avais choisi le plus beau des bergers. Il m'a brusquée avec une sauvagerie d'animal. Je crois que jamais plus je n'offrirai mon corps à un homme.

Pierre n'ignore rien des mœurs des jeunes filles modernes, dont la virginité ne dure guère au-delà de la puberté. Mais que Luciole Grimaud ait fait *ça* avec un berger... Enfin, il ne va pas s'en offusquer. Il est convaincu que Luciole n'aurait jamais osé avec un autre homme cet aveu aux frontières de l'indécence. Son message est d'une aveuglante clarté : elle l'a choisi pour guider sa vie. Il ignore encore le rôle qu'il y jouera, mais il est résolu à ne pas se dérober.

Luciole s'est relevée et se tient droite près de lui. Elle le regarde. La situation est pour elle aussi d'une éblouissante évidence : Pierre occupe en son cœur la place que son père n'a jamais su prendre.

Il s'installe aussitôt dans son rôle.

– Tu oublieras la brusquerie du berger. Tu es née pour vivre un grand amour.

Puis, après un long silence :
– Mais ta soif d'absolu ne s'accommodera d'aucune faiblesse. Je crains qu'un tel amour ne te rende malheureuse.
– J'accepte cette souffrance, si c'est le prix à payer.
Pensive, elle interroge :
– Peut-on aimer sans cette exigence d'absolu ?
– Oui. Mais il ne s'agit pas alors d'un grand amour.
Elle ne peut résister à l'envie d'en savoir davantage.
– Ressens-tu cette exigence ? demande-t-elle.
– Oui.
– Elle te fait souffrir ?
– Oui.
– Cette souffrance-là est-elle aussi le prix d'un grand amour ?
– Oui, Luciole.
Il pose un doigt sur ses lèvres.
– Ne me questionne plus. Je ne t'ai répondu que pour t'aider à voir clair en toi-même.
A son sourire douloureux, Luciole comprend que Pierre, comme sa mère, a cadenassé son cœur. Elle risque cependant une dernière audace.
– Ce que je vais te dire va sûrement te paraître monstrueux.
– Dis toujours...
– J'aurais voulu avoir un père qui te ressemble.
– Et moi, j'aurais aimé être le père d'une fille qui te ressemble.
Luciole aperçoit un pêcheur d'écrevisses qui les épie, dissimulé derrière un saule.
– Un curieux qui va être déçu, dit-elle en souriant.
Soudain provocante, elle défroisse les plis de sa robe et prend le bras du professeur. Ils foulent d'un

pas léger le sol crevassé de la prairie et se hâtent vers la ferme des Dorville. Appuyée sur le bras de Pierre, elle se fait languissante :

– J'aurais tant voulu pouvoir te dire « Papa »...

Il la soulève, porte son visage à la hauteur du sien et la fait tournoyer, comme au premier instant de leur rencontre.

Dépité, le pêcheur retourne à ses balances.

9

Pierre boucle ses valises quand Luciole entre dans sa chambre.

– Ne pars pas aujourd'hui. Jamais je n'ai vécu d'aussi belles vacances. Je voudrais qu'elles se prolongent encore quelques jours.

Il y a tant d'émotion dans sa voix, tant de souffrance aussi, qu'il est tenté d'accéder à sa demande. Mais Paul Alban et la Mélie l'attendent à Mairey. Il ne peut différer plus longtemps leur joie de l'accueillir. Pour en convaincre Luciole, il trouve les gestes et les intonations de la tendresse. Il la prend contre lui, comme un enfant, caresse son visage et ses cheveux et, d'une voix émue, lui ouvre son cœur.

Luciole n'est pas surprise de la place que Paul Alban et la Mélie y occupent, mais, une fois sa curiosité éveillée, elle veut tout savoir de ce qui les lie.

Ce Paul Alban qui cultive avec le même bonheur la terre et les esprits, cet homme de science et de conscience qui a arraché Pierre au destin des pitauds, il en parle avec une admiration si communicative qu'elle l'aime instantanément.

– Parle-moi aussi de la Mélie...

Pierre hésite. Mélie, c'est la lumière de sa vie, mais c'est aussi un coin d'ombre qu'il garde pour lui. Il redoute de voir Luciole l'en dépouiller.

– Je voudrais que tu me parles d'elle. Moi aussi je veux l'aimer, insiste-t-elle.

Alors il lui confie les joies et les souffrances que le pitaud a partagées avec la Mélie. Le regard avide, elle guette sur son visage tout ce que n'expriment ni les mots, ni les inflexions de voix. Elle s'identifie au pitaud et vit comme lui-même le revit tout ce qui a fait de la Mélie un être essentiel pour lui.

Malgré tout, cette pathétique évocation la laisse sur sa faim. Pierre est loin de tout lui livrer. Son regard exprime à la fois tant de bonheur et de souffrance qu'elle craint d'avoir ravivé une blessure. Elle hésite, puis, lentement, détachant chaque mot :

– Je voudrais pouvoir aimer comme tu aimes ta Mélie.

– C'est l'amour d'un fils pour une mère, réplique vivement Pierre.

– Non, cet amour-là est un don du ciel. Entre la Mélie et toi, c'est un amour sublimé.

Elle baisse les yeux, comme honteuse de son audace. Pierre s'enferme dans un silence qu'elle ressent comme un reproche.

– Je comprends ton impatience à la rejoindre. Retourne vite à Mairey. Ne la fais pas souffrir.

Pierre reste silencieux. Il n'a plus rien à cacher à Luciole, elle vient de percer le secret de son cœur. Quand il se décide enfin à lui sourire, elle se sait pardonnée. Elle croit, un instant, pouvoir affronter l'arrachement du départ, mais elle se ravise :

– Je vais retourner au bord de la rivière. Je ne veux pas attrister ton départ, je ne veux pas que tu me voies pleurer.

Elle s'éloigne déjà quand il la rattrape.

– Une chose encore, Luciole...

Elle se blottit contre lui, savourant ce répit qu'il lui accorde.

– Si ma vie, comme tu le sais, est riche en souvenirs, la tienne est riche en promesses. Je veux que tu sois ambitieuse. Très ambitieuse.

Elle se tait, mais son regard indique clairement qu'elle y est décidée.

– Ce que j'ai pu faire, tu dois le faire aussi. Mais en visant plus loin et plus haut. Avec moins de souffrances.

Son avenir, grâce à lui, va-t-il se décider ?

– Je n'osais te demander conseil. Dieu sait pourtant que j'en ai besoin ! Une chose est sûre : jamais je ne me marierai sans amour. Quant aux études... Je suis une femme, mon sexe limite mon ambition, ne l'oublie pas.

– Je ne l'oublie pas.

Son ton s'est durci. Ce n'est plus Pierre qui parle, mais le professeur Forelli-Alban.

– Ta mention « très bien » t'ouvre les portes de toutes les khâgnes. Je retiens pour toi celle du lycée Louis-le-Grand à Paris, où j'enseigne. Tu seras mon élève. Je serai exigeant. Sévère même. Normale supérieure, cette école prestigieuse où je n'ai pu entrer, est faite pour toi. Tu en sortiras première et agrégée. Tu seras ma plus belle réussite.

– Tu ferais cela pour moi ?

– Pour toi, je ferai bien plus.

– Je pourrai te voir en dehors des cours ?

– Tu me verras tous les jours. Je veillerai sur toi comme si j'étais ton père. Mais n'en dis rien à tes parents. Ils pourraient en prendre ombrage.

– Je ne cache rien à maman. A elle, je le dirai.

Pour Luciole, il n'est plus question de souffrance ni d'arrachement. Elle prend la valise et dit avec enjouement :

– Je t'accompagne. N'aie crainte, je ne pleurerai pas.

10

A Mairey, comme autrefois à Sanluc, Paul Alban prépare la rentrée scolaire en cultivant son jardin. Pierre, qui se tient près de lui, écoute son père.

Paul Alban montre avec fierté le mûrissement prometteur de ce qu'il a semé, planté et soigné de mars à septembre. Mais ses talents de jardinier ne lui font pas oublier ses soucis d'instituteur et de citoyen.

A vrai dire, rien ne justifie ceux de l'instituteur. Comme à Sanluc, l'évêque a renoncé à créer la discorde en ouvrant à Mairey une école chrétienne, et la moisson régulière de certificats d'études a fait définitivement sombrer le projet dans l'oubli. Unanimes à reconnaître les qualités de l'instituteur, les Rouges et les Bleus ont depuis longtemps cessé de s'affronter sur le monopole de leur école.

En vérité, Paul Alban songe moins à la guerre scolaire enfin apaisée qu'aux difficultés des vieux instituteurs à s'adapter aux bouleversements annoncés. Car ce certificat d'études, preuve de leur compétence, n'est-il pas condamné à disparaître ? N'annonce-t-on pas une réforme de l'enseignement qui, sans le supprimer, lui enlèvera tout prestige ? Les revues pédagogiques prédisent un avenir heureux aux écoliers qui quitteront l'école primaire à onze ans et achèveront au collège une scolarité obligatoire jusqu'à seize. Mais, dans cette course de relais, Paul Alban ne sera plus que le premier athlète dont la mission s'achève au passage du témoin. Lui qui, au cours de sa longue carrière, a été le seul maître de ses élèves et dont la tâche était de les lâcher dans la vie « tête bien faite et bien pleine », il accepte mal d'être condamné à n'enseigner que les notions premières. De quelles notions va-t-il d'ailleurs s'agir, et comment les faire acquérir ? Il espère que Pierre l'éclairera de ses lumières.

Ils marchent côte à côte dans les allées du jardin, caressant au passage une rose épanouie, chassant une guêpe posée sur un fruit mûr, s'abritant sous le pommier des ardeurs du soleil. Après quelques longs échanges coupés de longs silences, ils s'avouent humblement qu'ils ne détiennent aucune recette miracle. Ils tombent cependant d'accord sur ce qui reste prioritaire : en entrant au collège, l'écolier doit savoir lire, écrire et compter. Que, sa scolarité achevée, il quitte de plus en plus souvent la ferme pour la ville, ses usines et ses bureaux, modifie le contenu de l'enseignement primaire et ses méthodes, mais n'en change pas la finalité.

Rassuré, Paul Alban ne craint plus de vieillir. Il se sait capable de s'adapter aux temps nouveaux et, s'il n'a plus à moissonner les certificats d'études, il lui restera l'essentiel : vaincre l'analphabétisme. Et ça, il sait le faire.

Paul Alban aime ces rencontres avec son fils adoptif. Même si leurs discussions les éclairent sur les bouleversements du monde moderne, elles ne les portent cependant guère à l'optimisme, il faut bien le dire.

Que les « chouans » s'affranchissent de plus en plus de la tutelle de l'Église et du curé leur importe moins que l'infidélité des Républicains à la République. A Mairey comme à Sanluc, en effet, les citoyens désertent les préaux d'école lorsqu'un politicien est annoncé.

Les quelques Rouges aux solides convictions républicaines et laïques que la chopine dominicale continue à rassembler au café ne risquent plus l'affrontement avec les quelques chouans qui les rejoignent à la sortie de la messe. C'est à l'amitié qu'ensemble ils lèvent leur verre, non à la République ou à l'Église, et ils regrettent l'absence des autres et la belle époque où ils se chamaillaient. Les « autres », Rouges et Bleus, plus intéressés par le match de football et le Tour de France que par l'homélie d'un curé ou le discours d'un candidat député, restent chez eux devant leur radio ou leur télévision. Les chamailleries d'antan, les beuveries de Noël et du Nouvel An, les carnavals et les fêtes paroissiales, autant de souvenirs que les Anciens ont été obligés de reléguer dans leur mémoire.

A cette lente agonie d'un mode de vie et de pensée, Paul Alban et son professeur se sont résignés. Mais pas au déclin des valeurs sur lesquelles ils ont fondé leur vie. Eux qui ont participé à l'écrasement du nazisme, qui portent en eux le respect de la personne humaine et l'espérance d'un avenir sans guerre, ils constatent qu'elle embrase à nouveau l'Afrique et l'Orient.

Mais, malgré la débauche d'informations dans les journaux, à la radio, à la télé, qui détaillent les horreurs de la guerre et les banalisent, tout en eux refuse d'admettre comme inéluctables les folies du présent.

La Mélie gare la vieille Renault près du cabriolet Citroën. Elle dit, mi-fâchée, mi-rieuse :

– Enfin, te voilà ! Je craignais que Jacques ne te laisse plus repartir. Nos vacances seront bien courtes, cette année !

– C'est vrai, dit Paul. Nos vraies vacances, c'est quand tu es là.

Il ajoute, lui cherchant une excuse :

– Il est vrai que tu te dois aussi à l'amitié.

– Jacques est mon seul ami.

Pierre se dispose à célébrer cette amitié, mais il comprend que Paul ne l'écoute plus. Un flot de souvenirs envahit l'instituteur. C'est dans le jardin de Sanluc qu'un soir de janvier Jacques lui a promis de cesser de faire du pitaud son souffre-douleur, de ne plus l'acculer à de dangereuses bravades, comme l'escalade du séquoia, et de devenir son ami. C'est si loin, tout ça ! Jacques a tenu sa promesse...

La Mélie interrompt la rêverie de son époux en l'entraînant vers la fraîcheur du salon. Pierre les suit, intrigué par cette hâte soudaine.

– Je reviens de chez maître Grimaud, dit-elle.

Surpris, Pierre attend la suite.

– Cette ferme que le père m'a donnée et qui est aussi la tienne, Pierre, je veux qu'elle se modernise.

Le regard de Pierre la mettant en confiance, elle poursuit :

– Les jeunes ne veulent plus cultiver la terre de leurs parents. Ils la vendent et s'en vont travailler en ville où on leur assure une paie et des vacances... Bref, trente journaux qui touchent nos terres sont à vendre. J'ai vu le vendeur. Il est d'accord pour me donner la préférence. J'ai un mois pour me décider...

Elle se tait. Elle n'ose pas dire que la ferme, louée à un couple de pitauds, ne leur rapporte que les produits de leur consommation courante et paie tout juste les impôts et les réparations urgentes. Ni que le traitement d'un instituteur, s'il permet de vivre dans l'aisance, ne remplit pas le livret de caisse d'épargne...

Pierre comprend sa gêne.

– Mélie, tu retourneras demain chez maître Grimaud. Nous achetons ces trente journaux.

Paul Alban veut protester. La Mélie ne lui en laisse pas le temps.

– Ne dis rien, Paul. Cette ferme, Pierre y est attaché autant que moi-même. Il y est arrivé quand il avait cinq ans. Nous y avons été heureux, ensemble...

Cédant à la douce pression de Pierre qui approche son visage du sien, elle n'ajoute rien. Il est décidé que le couple de pitauds travaillera les terres et les trente journaux à venir avec un tracteur et des machines, comme les autres fermiers. Ni Paul, ni la Mélie ne sont surpris quand Pierre leur assure qu'il en a les moyens.

Ils restent silencieux, songeant aux Quercy qui ont tant peiné sur ces terres.

– Le père et la mère sont fiers de toi, dit la Mélie.

– Nous leur devons tellement, toi et moi.

Délivrée de son souci, Mélie s'empresse d'apporter trois verres et la bouteille de porto.

– C'est la fête ! dit-elle en levant son verre.

Les deux hommes l'imitent. La dernière gorgée bue, la Mélie prend soudain cet air mi-sérieux, mi-taquin que Pierre lui connaît bien.

– Tu savais que Luciole a voulu revenir à Garbois après ton départ ?

– Non.

– Elle arrivait avec sa mère dans leur belle Panhard quand j'allais repartir avec ma guimbarde... Une belle et grande jeune fille, cette Luciole ! Et qui n'a pas l'arrogance de sa mère.

Il aimerait que la Mélie n'ignore rien du bonheur qu'il vient de connaître à la ferme de Jacques, ni du trouble que Luciole a fait naître en son cœur et son âme. Mais il hésite à lui en faire l'aveu tant il craint qu'elle y voie autre chose que l'émerveillement du professeur pour une élève exceptionnelle.

– Je suis heureux que tu la connaisses.

Il ajoute, comme s'il s'agissait d'une faiblesse :

– Je crois qu'elle m'a séduit.

– Ce qui me plaît en elle, dit Mélie, c'est sa franchise et sa délicatesse.

Le regard de Pierre l'encourage à poursuivre.

– « C'est vous Mélie ? a-t-elle dit. Pierre m'a tant parlé de vous ! » Et elle m'a embrassée. Sa mère, qui s'était contentée de me tendre une main contrainte, n'en revenait pas.

Elle ajoute, l'enjouement du ton masquant son émotion :

– Elle a dit aussi qu'elle comprenait en me voyant pourquoi tu m'admirais tant...

Elle le regarde comme autrefois, quand il tentait de lui taire une pensée. Il en est troublé.

– Luciole t'a-t-elle dit qu'elle allait venir à Paris

dans la khâgne où j'enseigne ? Son admission est une question de formalité.

– Oui. Rosine s'en réjouit. Reste à convaincre le notaire.

Paul Alban comprend mal cet intérêt soudain pour la fille de Rosine. De l'épouse du notaire, il ne garde que le souvenir de l'adolescente perverse qui humiliait le pitaud et avait tendu à l'irréprochable instituteur qu'il était le piège des coccinelles. Comme la Mélie tarde à préparer le repas, il décide de retourner au jardin pour y cueillir quelques fruits mûrs.

– Ramène aussi des roses, dit Mélie. C'est fête, ce soir...

Quand Paul Alban s'est éloigné, elle s'approche de Pierre :

– Je ne t'ai pas dit l'essentiel. Je n'osais pas te le dire devant ton père. J'ai bien regardé Luciole... Elle te ressemble, Pierre... Elle a tes yeux.

– Je n'ai pas le monopole des yeux bleus, Mélie.

– Non, mais ce regard qui semble voir ce que les autres ne voient pas, il n'appartient qu'à toi.

Elle poursuit avec entêtement :

– Quand tu étais à l'École normale et que tu venais à Sanluc chez dame Berthe, tu ne voyais jamais Rosine ?

– Si, quelquefois.

Mélie en sait assez. Ce qui s'impose à elle comme une évidence, elle en épargnera l'aveu à son Pierre.

– J'ai ramené de Garbois de quoi flatter ta gourmandise.

Pierre la regarde s'éloigner vers la cuisine, silhouette gracieuse que les années n'ont pas alourdie. Il sait qu'en son cœur non plus elle ne vieillira pas.

11

– Et toi, Luciole ?

Maître Grimaud s'étonne du silence de sa fille aînée. D'habitude, lors du premier repas qui réunit la famille au complet après deux mois de vacances, il doit lui rappeler fermement qu'elle n'a pas le monopole de la parole et que son frère et sa sœur aussi souhaitent raconter leur vie.

Depuis les belons, que la mère du notaire a rapportées de Quimper où elle est passée avec son petit-fils, jusqu'à ce morbier qui rappelle à Juliette ses vacances jurassiennes, Luciole n'a pas dit un mot. Muette et irréprochable comme une jeune fille de la bourgeoisie qui n'aurait pas passé son été dans les écuries. Rosine est rassurée. Elle n'a pas eu à calmer l'irritation du père que Luciole provoque habituellement par l'effronterie de ses propos et le laisser-aller de son maintien.

Henri a raconté ses exploits de marin et convaincu de son audace de bourlingueur. Sa grand-mère, qui l'a écouté, ravie, se reproche malgré tout de n'avoir pas soupçonné les dangers qu'il a courus. De la plage du cap Coz, où elle faisait bronzer ses varices, elle surveillait pourtant la flottille de vauriens que leurs voiles gonflées poussaient mollement vers Concarneau. Jamais elle n'aurait imaginé que son héros avait dû affronter des creux de quatre mètres, que son esquif avait dessalé et qu'un énorme poisson, gueule ouverte et dents menaçantes, avait frôlé son ventre...

Elle peut confirmer qu'une lotte géante à la tête monstrueuse a été découverte le lendemain, à marée basse, dans les rochers de Beg Meil, morte. Et que Corantin le pêcheur, dont elle guettait le retour chaque matin pour choisir parmi ses rougets et ses soles, lui a affirmé que, de sa vie de marin, il n'avait vu lotte de cette taille...

Le récit de Grimaud junior est donc véridique et le père reconnaît en son fils le héros qu'il aurait voulu être.

C'est en cheftaine que Juliette a vécu des semaines passionnantes. Ses scoutes et elle ont dressé leur camp de toile dans une combe protégée de la bise par les monts boisés du Haut-Jura. Les hautes tiges des gentianes y annonçaient, au dire des bergers, un hiver rude et une neige abondante. Elle a découvert et fait découvrir à sa troupe tout ce qu'il était possible de visiter : Moirans-en-Montagne et son musée du jouet, Saint-Claude, ses pipes et ses tailleries de diamant, Morbier et son fromage, Morez et ses lunetteries, et ces innombrables « chalets » où le lait, chaque jour, se transforme en comté. Elle s'est barbouillée de myrtilles, de fraises et de framboises. Elle a ramassé dans la verdure des clairières les trompettes jaune d'or des chanterelles. Elle a joué à cache-cache sous les sapins dont les cimes se balancent haut dans le ciel et d'où s'envole parfois un couple de gelinottes. Elle a aussi rencontré des bûcherons, solides gaillards qui, l'hiver venu, apprendront à de jeunes admiratrices à se tenir sur leurs skis. A son impatience à prendre ses premières leçons, Luciole comprend que sa sœur a déjà choisi son professeur.

La famille s'installe sagement dans les fauteuils du salon pour le café et le gâteau breton lorsque, intrigué par le silence de sa fille, maître Grimaud renouvelle sa question :

– Et toi, Luciole ?

Luciole fait la moue. Elle n'a, et en est désolée, que des banalités à raconter : la canicule et la sécheresse, les animaux et leurs odeurs, les battages et les ripailles, oncle Jacques et ses machines, grand-mère et ses gâteries, bref une vie simple qui convient à sa nature.

Le notaire l'écoute, un sourire condescendant sur les lèvres. Comment une fille si belle, si intelligente et de si prestigieuse ascendance peut-elle se satisfaire de plaisirs aussi vulgaires ?

En son for intérieur, Rosine remercie Luciole de ne pas révéler la présence de Pierre dans la ferme des Dorville.

Alors que maître Grimaud entraîne son fils vers son étude, Luciole dit encore :

– Père, j'ai aussi beaucoup réfléchi. J'ai songé à mon avenir.

– Tu es bien jeune pour cela. Mais, crois-moi, nous y songeons aussi, ta mère et moi. Le moment venu, tu n'auras que l'embarras du choix parmi les prétendants que...

– Je ne songe pas au mariage, père... Je voudrais poursuivre mes études, être admise à l'École normale supérieure, obtenir mon agrégation...

– Mais c'est une ambition d'homme, ça ! Une femme séduisante et dotée comme tu le seras ne s'engage pas dans cette voie-là ! C'est contre nature ! Tu pourras choisir comme époux un normalien agrégé, voire un docteur, pourquoi pas, mais...

– Père, laissez-moi m'engager sur cette voie. Elle n'est plus réservée aux seuls hommes. Je sais que je devrai les affronter, mais je suis prête.

Ébranlé par tant d'assurance, maître Grimaud se résigne à céder une nouvelle fois aux extravagances de cette fille qui lui ressemble si peu.

– Le concours d'entrée à Normale est de haut niveau. Ton lycée n'y prépare pas.

– J'ai pensé à la khâgne de Louis-le-Grand. C'est la meilleure, et les filles y sont admises.

– Mais on ne peut te laisser seule à Paris !

Consciente que le destin de sa fille est en train de se jouer, Rosine intervient :

– Notre sous-préfet a confié sa fille, étudiante en droit, à une institution religieuse qui l'héberge. Luciole y serait en bonne compagnie.

L'argument est péremptoire.

– Eh bien ! soit, dit le notaire. Mais n'oublie pas, Luciole, que tu vas à Paris pour y obtenir l'agrégation. Pas pour y prendre le voile !

Sa boutade l'ayant mis en joie, il embrasse sa fille, geste rare. Puis il prend congé de ses femmes. Il a hâte de se retrouver en tête à tête avec son fils, parmi les vieux dossiers qui parfument son bureau.

– Merci, maman, dit Luciole. J'avais si peur que père refuse.

Luciole retrouve auprès de sa mère les mots simples de la tendresse, et Rosine se laisse bercer par cette douceur qui apaise son angoisse. Elle serre contre elle l'enfant qui lui échappe, lui murmurant :

– Je vais te perdre, Luciole. La vie t'arrache à moi. Pour quel destin ?... J'ai peur.

– Je vais où je veux aller, maman. Et je n'y vais pas sans toi.

Juliette s'offrant aussi aux caresses de sa mère, toutes trois s'abandonnent un moment au bonheur silencieux des retrouvailles.

– Ton destin à toi, Juliette, c'est peut-être un bûcheron-skieur...

La taquinerie est innocente. Se voyant devinée, Juliette avoue, heureuse qu'on la délivre de son secret :

– Je lui ai promis de revenir aux vacances d'hiver. Il sera mon professeur. Tu m'aideras à convaincre papa ?

– Oui, dit sa mère.

Il n'est point nécessaire d'arracher à Juliette d'autres confidences. Elle a choisi son bourdon, et son corps et son âme en sont hantés.

12

De ses yeux bleus et de leur mystère, Luciole veut percer le secret, et cette volonté de ne rien ignorer d'elle-même la pousse, d'instinct, vers sa mère. C'est d'elle qu'elle espère la confidence qui comblera ses exigences d'esprit et de cœur.

Le moment lui paraît favorable lorsqu'elle aperçoit Rosine sous la tonnelle, à l'ombre embaumée des rosiers. Elle s'approche doucement et n'est pas surprise de trouver une fois de plus sa mère plongée dans la lecture de *Madame Bovary*. Elle s'inquiète depuis longtemps de la fascination que l'héroïne de ce roman exerce sur sa mère.

– Emma est donc si séduisante que tu ne puisses te passer de sa compagnie ?

Toute à son bonheur d'avoir sa fille pour elle seule avant que Paris et le professeur ne la lui reprennent, Rosine ne perçoit pas le reproche. Elle ferme son livre et Luciole se blottit contre elle comme elle en a pris l'habitude pour la confidence.

– Non, Emma ne me séduit pas. Mais son destin m'émeut et j'essaie de la comprendre.

Luciole craint que Rosine ne lui ouvre son cœur. Elle n'ignore rien de ses déceptions. Elle sait que sa mère, fille de la campagne comme elle, rêve d'une bourgeoisie plus ouverte à l'amitié qu'à l'envie, plus sensible à la vertu qu'indulgente à la débauche, plus encline à la sincérité des hommages qu'au fiel des compliments... Ce qu'elle ignore, c'est que sa mère feint de s'y adapter pour ne pas sombrer dans le désespoir. Rosine voudrait dire à sa fille qu'elle souffre des mêmes frustrations qu'Emma et que son habile et fortuné notaire est un époux avare de tendresse... Mais Luciole est trop préoccupée d'elle aujourd'hui pour consacrer aux confidences de sa mère un temps qu'elles n'auront peut-être plus avant son départ.

Elle pose un doigt sur la bouche de Rosine, se fait câline et murmure :

– Maman, je voudrais te parler.

Rosine sourit, intriguée. Son vrai bonheur, c'est quand Luciole lui ouvre son cœur. Elle aura tout le temps de retrouver Emma dans sa solitude.

– Est-ce un grand secret que tu veux me confier ?

– C'est l'ignorance de qui je suis.

– Que veux-tu dire ?

De son regard bleu qui voit au-delà, Luciole détaille tendrement le visage de sa mère.

– Pourquoi m'as-tu appelée Luciole ?

Rosine pâlit. La jeune fille qui va prendre son envol redevient brusquement le bébé qu'elle met au monde. Elle se souvient... Pendant toute sa grossesse, le remords l'a harcelée. Chaque journée écoulée lui rappelait cruellement qu'elle avait fait le mauvais choix. Être grande dame à Garbois ne valait pas l'humble bonheur d'être aimée. Elle espérait toujours, quand son mari était auprès d'elle, qu'il avait laissé à l'étude, avec ses dossiers, ses compétences avérées et ses préoccupations de notaire. Mais non ! Même dans le lit conjugal, il pensait à ses clients.

– J'ai voulu que tu sois ma lumière, Luciole.

– Tu avais donc besoin d'être éclairée ?

Luciole se reproche aussitôt sa hardiesse. Mais Rosine n'a pas l'air d'en être choquée.

– Oui. J'entrais dans un monde qui n'était pas le mien. J'ai très vite compris que j'étais une paysanne de Sanluc et non une bourgeoise de Garbois. J'ai pensé que mon enfant m'aiderait à devenir une dame. J'ai voulu, dès ta naissance, que tu sois mon guide, tu me comprends ?

– Moi aussi je suis une paysanne de Sanluc, et il me faudra aussi une fille pour m'aider à devenir une dame. Je crains de n'avoir pas été pour toi le guide que tu espérais.

– Ta lumière m'a permis de voir clair en moi-même.

Silencieuses, elles s'abandonnent à l'intimité qui a toujours été la leur. Elles se sourient et s'embrassent. Tout un monde bruit à côté d'elles, sans qu'elles s'en soucient : les abeilles autour des roses, les hirondelles qui s'élancent vers l'azur d'un brusque coup d'ailes, un cerf-volant égaré, élytres vrombissants et dont les mandibules énormes et branchues les affoleraient à tout autre moment... Mais elles ne voient rien, n'entendent rien.

– Il y a encore en moi des zones d'ombre. Il n'y a que toi qui puisses y faire la lumière.

Rosine ne peut se dérober à l'incroyable regard.

– Ma pauvre enfant ! Moi qui me suis aveuglée sur moi-même, comment pourrais-je t'éclairer ?

– Tu le peux, dit Luciole.

Et elle ajoute, câline et impérieuse :

– Et tu le dois.

– Mais que veux-tu savoir que tu ne saches déjà ?

– Je voudrais savoir pourquoi j'ai les yeux bleus.

Bouleversée, Rosine tente encore d'esquiver...

– Le hasard, Luciole... Le hasard a fait que tu es née avec ces yeux-là.

– J'ai besoin de savoir, maman.

Jusqu'à cet instant, Rosine a toujours résisté à la curiosité de sa fille. Mais son rôle s'achève puisque Pierre prend le relais. A-t-elle encore le droit de lui cacher la vérité ? Tout plaide en faveur de l'aveu dont elle ressent d'avance la honte et la souffrance.

– Pourquoi me torturer, Luciole ? Ne sens-tu pas que si je t'ouvre mon cœur, tu me mépriseras ?

– Je suis fière d'être ta fille. Un secret partagé n'y changera rien. Quel qu'il soit.

L'irrésistible regard ne lâche pas prise.

– Pierre a les mêmes yeux bleus. J'en ai été bouleversée. Bouleversée de bonheur quand je l'ai réalisé.

Rosine ne peut plus reculer.

– Si je t'avouais que tes yeux bleus, c'est à mon pitaud, comme tu dis, que tu les dois... ?

– J'en serais heureuse, maman. Très heureuse.

Leurs visages se sont rapprochés. D'un geste nerveux, Rosine enlace sa fille, moins par crainte de la perdre que pour l'enfermer en elle, comme avant sa naissance. Et c'est d'un ton crispé qu'elle révèle ce qu'elle ne peut plus taire :

– Eh bien ! sois heureuse, Luciole. Mais sois consciente aussi que tu partages désormais avec moi un lourd secret.

Maîtrisant mal son émotion, elle murmure :

– Pierre est ton père et il l'ignore.

L'aveu les soude plus fortement. Puis, tendrement, Luciole se libère de l'étreinte et sèche, de ses baisers, les larmes qui ruissellent sur le visage de sa mère.

– Merci, maman. Tout en moi me le disait, mais je ne voulais pas me laisser aller à une chimère. Maintenant, tout est simple.

Telle une jeune accouchée après les douleurs de l'enfantement, Rosine s'abandonne à un doux engourdissement. La tentation est forte d'en rester là, mais il lui faut aller jusqu'au bout de l'aveu.

– Tu viens de me délivrer du mensonge, pas du remords. Pardonne-moi de t'avoir donné un père qui n'est pas le tien.

Étourdie de bonheur, Luciole se soucie peu de s'attarder à ce qui fait encore mystère. Elle n'éprouve aucune envie d'en savoir davantage. Le chant mélodieux d'une fauvette nichée dans le feuillage lui paraît un heureux présage. Mais Rosine est loin de la fauvette et de son chant, elle est dans son passé, toujours si cruellement présent, et elle y entraîne Luciole. Il faut que sa fille sache tout, qu'elle comprenne et lui pardonne.

Rosine se confesse à sa fille, bribe par bribe, douloureusement. Luciole vient au monde une seconde fois, mais lavée du mensonge qui a entouré sa naissance.

– A l'endroit où, avec ton berger... oui, à l'ombre des saules sur la rive, c'est là que Pierre et moi... J'ai connu là l'éblouissement de l'amour...

Elle ferme les yeux comme si elle voulait revivre intensément cette journée ensoleillée de septembre, comme si elle voulait entendre de nouveau la voix de son pitaud lui avouer que c'est la première fois.

– J'ai rejoint mon poste à la trésorerie principale. Pierre en était à sa dernière année d'École normale...

Nous nous sommes revus tous les dimanches dans mon studio... Et, chaque fois, le même embrasement du corps et de l'âme... Nous avons vécu un an de passion et de bonheur...

Les mots se bousculent, en hoquets pathétiques.

– Même grand-mère, à qui je disais tout, ignorait nos amours... Et puis, Fernand, le fils de maître Grimaud, m'a demandée en mariage... Mon père me pressait d'accepter. J'ai longtemps hésité... Les autres voulaient que je me décide librement, Jacques surtout, et pourtant, Jacques n'était au courant de rien. Il ne sait toujours rien... Je n'aimais pas Fernand, mais l'idée de devenir une Grimaud, une dame de la bourgeoisie garboise, flattait ma vanité. Avec mon instituteur de pitaud, c'était la médiocrité assurée, une existence sans panache...

Elle attire Luciole vers elle, comme pour implorer son pardon.

– La Rosine que j'étais à cette époque était cruelle, vaniteuse, méprisable et belle... Trop belle. Éblouie par sa propre beauté plus encore que par l'amour du pitaud. Incapable de discerner le vrai bonheur...

Rosine frissonne. Elle cherche un refuge contre sa fille dont le regard aimant lui donne le courage de poursuivre.

– J'ai dit oui à Fernand. Les bans ont été publiés. Pierre ignorait tout. Juste avant le mariage, j'ai trouvé la force de le lui avouer. Il m'a embrassée longuement. J'espérais encore qu'il resterait mon amant, et il est parti... Il n'est jamais revenu... Je l'attends encore...

Rosine s'est tue. Elle semble décidée à garder pour elle ce qui reste du secret. Mais Luciole comprend qu'il faut qu'elle l'en délivre :

– Si Pierre n'est jamais revenu...

– Quand il est parti, j'étais enceinte de toi. Je voulais que mon premier enfant soit de lui. Pas du notaire. Et que l'amour qui avait été le nôtre ne s'éteigne jamais, qu'un enfant en garde la flamme. Voilà pourquoi tu t'appelles Luciole... Tu es née huit mois après mon mariage. Personne ne s'en est étonné... Tu étais un si beau bébé...

Luciole est bouleversée :

– Je suis donc née d'un grand amour. Merci...

– Il me reste à revoir Pierre, dit Rosine. Il faut qu'il sache qu'il est ton père.

La fauvette s'envole. Juliette apparaît au loin, silhouette légère... La vie continue. Comme avant.

13

Des trente journaux de bonne terre qui jouxtent les siens, la Mélie est désormais propriétaire. Maître Grimaud lui a remis les titres. Elle a payé comptant, comme fait tout bon paysan.

En revenant à Mairey, elle songe pourtant moins à remercier son pitaud qui lui a offert cette fierté et cette joie qu'à deviner la raison de ce rendez-vous à Sanluc que Rosine l'a chargée de lui transmettre.

Mystérieuse Rosine ! Elle qui d'habitude l'aborde avec arrogance, elle l'a retenue, une fois les formalités notariales accomplies, et l'a introduite dans le luxe de son salon. Pourquoi ? Certainement pas pour l'humilier. Son ton était simple. Et elle lui a parlé de Pierre avec tant d'admiration que la Mélie la soupçonne d'en être amoureuse. Pourquoi tient-elle à le rencontrer à Sanluc ? Que de questions !

Transmettre à Pierre le message lui paraît plus urgent que de lui raconter son entrevue avec le notaire. Dans sa chambre, le professeur classe livres et notes avant la reprise de ses cours en khâgne.

La Mélie l'embrasse rapidement et dit avec désinvolture, comme s'il s'agissait d'une chose sans importance :

– J'ai vu Rosine. Elle t'attend demain après-midi, à Sanluc, sur le vieux pont.

– J'irai, répond Pierre, feignant également l'indifférence.

Déçue qu'il n'en dise pas plus, Mélie se prépare à rejoindre Paul Alban au jardin quand Pierre la retient :

– Ne boude pas, s'il te plaît... Crois-tu que je te cache quelque chose ? Je te jure que j'ignore pourquoi Rosine veut me voir.

– Vraiment ?

– Je t'ai dit que Luciole viendrait à Louis-le-Grand, si ses parents y consentent. C'est peut-être pour cela...

– Sûrement... mais peut-être aussi pour autre chose.

– Je me demande bien quoi.

– Tu me le diras au retour.

Elle se veut enjouée, mais ce rendez-vous fait plus que l'intriguer. Elle se garde d'en parler à Paul Alban, auquel elle ne dit que sa joie d'avoir conclu une bonne affaire.

Penché au-dessus du parapet, Pierre ne peut détacher son regard du ruisseau. Comme si, dans les scintillements de la lumière, il cherchait son enfance. Tout lui revient soudain en mémoire et, en chacun de ses souvenirs, Rosine toujours, cruelle et envoûtante. Il est exact au rendez-vous, mais il craint que Rosine ne soit comme autrefois source de bonheur et de souffrance tout à la fois.

Quand il l'aperçoit, il ne peut s'empêcher d'être troublé.

– Merci d'être venu, dit-elle. J'avais peur que tu ne veuilles pas me revoir.

Elle lui tend la joue, il l'effleure à peine.

– Est-ce donc si important ?

– Oui

Elle n'est ni surprise, ni décontenancée par la froideur de son accueil. Elle s'attendait à pis. Elle l'entraîne dans la prairie qui borde la rivière. Ils y reconnaissent les vieux saules, dont les ombrages ont abrité leurs premiers émois.

– Où m'emmènes-tu, Rosine ? Je ne suis plus d'âge à aller chercher des œufs de grenouille.

– N'aie pas peur, je ne te demanderai pas de te mettre nu devant moi.

Cette évocation du passé les détend. Ils se regardent avec leurs yeux d'autrefois, elle, impériale et sûre de son pouvoir, lui, gauche et timide comme s'il était redevenu son pitaud.

Elle n'ose pourtant pas pousser plus loin son avantage. Elle le connaît trop pour nourrir l'illusion d'une facile victoire.

– Pourquoi me ramener ici, Rosine ?

Il l'attire vers lui, ose frôler sa joue.

– Nous avons passé l'âge des folies.

– Vraiment ?

Elle le défie du même regard que celui qui éveillait son désir au temps de leur passion. « Belle, elle est diaboliquement belle... », pense Pierre comme pour se justifier d'être à ce point attiré.

Les voilà à « leur » endroit. Rosine s'allonge à l'ombre de « leur » saule... Elle espère un vol de coccinelles qui se prendrait au piège de ses cheveux et rapprocherait d'elle son pitaud qui voudrait les libérer...

Il n'y a pas de coccinelles, mais Pierre s'approche d'elle comme s'il y en avait. Il cède à l'attirance de ce corps offert qui lui rappelle tant de plaisirs partagés lorsque, brusquement, il se souvient que Luciole lui a avoué avoir fait l'amour ici, avec son berger.

L'effet est immédiat. Pierre, qui allait céder à l'illusion du passé, retrouve sa lucidité. Ce n'est plus Rosine qui s'offre à lui. C'est la mère de Luciole. Rosine n'existe que dans sa mémoire. Jamais plus il ne la retrouvera telle qu'en son souvenir.

– Non. Pas ici. Pas avec toi.

Il y a tant de douceur dans sa voix, tant de tendresse dans son regard que Rosine ne se sent pas humiliée par son refus.

Redevenus eux-mêmes, ils reprennent leur marche jusqu'au vieux pont où ils se sépareront, lorsque Pierre se décide à rompre le silence.

– Parle-moi de ta fille, Rosine. C'est pour elle que je suis ici.

– C'est aussi pour elle que j'ai voulu te revoir, dit Rosine. Mais c'était compter sans la force des souvenirs...

– Moi aussi, j'ai failli leur céder... Mais tu n'es plus ma Rosine, tu es Mme Grimaud, tu es la mère de Luciole...

Il y a dans sa voix plus de souffrance que de reproche.

Ils sont arrivés sur le vieux pont et le professeur ne montre aucune hâte à la quitter. Ce pont lui rappelle les vacances à Sanluc et tout le bonheur dont Luciole l'a comblé. Il souffre de son absence, il faut que Rosine le sache. Tous deux s'accotent au parapet, comme autrefois.

– Je voudrais te parler de Luciole.

Au timbre de sa voix, Rosine comprend que c'est à lui-même qu'il parle. Avec des maladresses d'amoureux, il confesse tout ce qui, en Luciole, l'a séduit, étonné, intrigué. Rosine s'étonne de cette gaucherie qui lui rappelle celle du pitaud. Ce qu'il lui apprend, elle le sait déjà, puisque Luciole ne lui cache rien. Mais que le professeur perde à ce point son aisance, qu'il cherche ses mots comme si la pudeur imposait qu'il les retienne, Rosine en est à la fois heureuse et bouleversée. Elle comprend le vrai sens de ses hésitations et de ses silences. Il lui demande, avec une insistance pathétique, qu'elle ne garde pas Luciole pour elle seule, mais qu'elle accepte de la partager. « Il m'encourage à tout lui dire, pense-t-elle. Il m'en donne la force. »

Tout ce qu'il voulait que Rosine sache, il le lui a dit. Il ne garde pour lui que le mystère des yeux bleus. Parler de leur ressemblance avec les siens serait inconvenant, il n'aura pas cette audace-là.

Rosine sourit. Elle frôle d'un baiser son visage pour qu'il comprenne qu'il n'a pas à craindre son refus.

– Rosine, je voudrais que Luciole vienne à Paris. Elle-même souhaite que je sois son professeur. Je crains que son père et toi ne la laissiez pas partir.

– Sois rassuré. Maître Grimaud a donné son accord. Quant au mien, il était acquis d'avance.

Le professeur la serre si fort contre lui qu'elle se dit que, si elle le voulait, elle pourrait le reprendre. Mais elle n'est pas venue pour cela, aujourd'hui elle est la mère de Luciole. Aussi se dégage-t-elle de son étreinte, il faut qu'elle ait la force de tout lui dire...

– Cet engagement que tu prends, en connais-tu le prix ?

– Oui.

– Tu la garderas auprès de toi jusqu'à la fin de ses études ?

– Oui.

– Elles vont durer des années. En as-tu conscience ?

– Oui. J'aiderai Luciole à atteindre les sommets. Elle le peut. Elle le veut. Je serai près d'elle jusqu'au bout.

Rosine perd soudain son assurance. Elle ne cherche pas à dissimuler l'émotion qui l'étreint.

– Luciole t'appartient désormais plus qu'elle ne m'appartient. Il faut que tu l'aimes comme un père.

– Je te le promets.

Le visage douloureux de Rosine s'éclaire d'un sourire. Pierre comprend qu'elle attend de lui un engagement plus solennel. Pourquoi ne pas lui confier cet espoir insensé que Luciole a fait lever ?

– J'aurais été si fier d'être son père.

Temblante d'émotion, Rosine est maintenant certaine d'être pardonnée :

– Luciole est ta fille. Je voulais en garder le secret toute ma vie. Mais Luciole me l'a arraché. Je n'avais plus le droit de te le taire. Ne me demande rien d'autre, elle te dira tout.

Pierre ne peut la retenir. Il la regarde s'éloigner vers la ferme des Dorville. Tel un somnambule, il marche vers les ruines de ce qui fut le bordage des Freiquin. Pas question de s'y attarder aujourd'hui. Mélie l'attend. Elle lui a appris à devenir un homme. Il faut qu'elle sache qu'il est aussi un père.

14

Dans le confort du salon où aucune indécence ne saurait se commettre sous l'austère regard des trois Grimaud, Rosine a toujours aimé rêver la vie qu'elle aurait voulu vivre. Aujourd'hui comme hier, son livre préféré en mains, elle s'abandonne à ses fantasmes. Dans la pénombre de cette pièce, où trois générations de notaires ont borné les étapes de leur réussite, elle oublie qu'elle a assuré la pérennité du nom. Elle veut n'être que Rosine, amoureuse de son pitaud qui lui a donné Luciole.

Depuis qu'elle l'a partagé, elle ne ressent plus le poids de ce secret qui fut si lourd à porter pendant tant d'années. Elle espère même qu'il sera connu de tout Garbois, de tout Sanluc, et que, sur les cendres de son foyer ravagé par le scandale, sa vie prendra un nouveau départ. Quand la rumeur atteindra son époux, il ne pourra retrouver sa dignité de vertueux notaire qu'en répudiant son épouse indigne. Rosine accepte d'être la cible de tous les sarcasmes si c'est le prix à payer pour retrouver enfin sa liberté.

Elle essaie de retenir l'enchantement de cette soirée de septembre, l'une des dernières avant le départ de Luciole, avant de retourner à ses devoirs d'épouse et de mère. Tout est si calme ! Le notaire n'abandonnera son étude que pour le dîner. Henri participe à un tournoi de tennis. Luciole et Juliette musardent en ville. Rien ne peut venir troubler sa solitude...

– Rosine, je voudrais profiter de l'absence des enfants pour parler avec toi de choses sérieuses.

Le notaire, qu'elle n'attendait pas, a fait irruption. Il s'installe sur le canapé, tout près d'elle. Si près qu'elle croit, un instant, qu'il va devenir entreprenant. Mais non, il reste maître Grimaud, avec ce regard austère, ce visage glacé des trois autres Grimaud accrochés aux murs.

– Ce professeur Forelli-Alban, c'est bien ton pitaud de Sanluc ?

Rosine blêmit, mais l'espoir prend le pas sur son inquiétude. « Il sait tout », pense-t-elle.

– Oui. Mais pourquoi cette question ?

– Il vient de m'appeler au téléphone. Il veut acquérir à Garbois une maison confortable avec jardin pour y installer ses parents adoptifs, quand Paul Alban prendra sa retraite. Il souhaite leur en faire la surprise.

La « chose sérieuse » annoncée n'était pas celle qu'elle imaginait.

– Le professeur est un client sérieux. Pour toi, c'est une excellente affaire.

Elle ne peut s'empêcher d'ajouter :

– Tu reconnaîtras que ce pitaud, comme tu dis, sait vivre. Tu en connais beaucoup, parmi tes riches clients, qui agiraient ainsi ?

Le notaire ne relève pas l'impertinence du propos. Il n'est pas là pour ça.

– Forelli-Alban m'a aussi remercié.

– Remercié ? Mais de quoi ?

– D'autoriser Luciole à poursuivre ses études à Paris, où il sera son professeur. Tu le savais ?

– Oui.

– Pourquoi me l'avoir caché ?

– L'important est que Luciole fasse de bonnes études. Je ne pensais pas que tu t'intéressais aussi à ses professeurs.

– Tu as sans doute raison... Mais celui-là n'est pas un inconnu, c'est ton pitaud... Et c'est auprès de lui que Luciole a passé ses vacances à Sanluc. De cela non plus je n'ai rien su...

– Le professeur a vécu son enfance à Sanluc. Il est normal qu'il y revoie son ami Jacques. Je ne pensais pas que c'était important pour toi.

– Ça l'est.

– Pourquoi ?

– Parce qu'il m'a parlé de Luciole avec tant d'émotion et d'enthousiasme, il semble si heureux à l'idée d'être son professeur que j'ai pensé qu'entre toi et lui...

– Il n'y a rien entre lui et moi, coupe Rosine.

– Rien dans le présent, mais... dans le passé ?

– Il y a des souvenirs.

– Des souvenirs qui s'arrêtent quand ?

C'est le moment ou jamais. Il faut que le notaire sache. Peu importe ce qu'il adviendra de bonheur ou de honte après la révélation !

– A notre mariage. J'ai aimé mon pitaud jusqu'à notre mariage.

– Et Luciole ?

– Elle était en moi quand je t'ai épousé.

– Qui le savait ?

– Moi seule. Jusqu'à maintenant...

– Pourquoi maintenant ?

– Parce que Luciole a les yeux bleus du professeur et que cette ressemblance a éveillé sa curiosité.

Dès son retour, elle a voulu savoir et elle a su. J'ai voulu revoir mon pitaud à Sanluc pour qu'il sache aussi.

– Et moi ?

– J'attendais l'occasion de t'en parler. Tu l'as créée. Maintenant, tu sais.

Libérée, Rosine attend la sentence. Sans angoisse. Peu lui importe qu'elle soit implacable et sans appel. Après toutes ces années d'amours clandestines et de froideurs conjugales, elle va retrouver sa liberté... Elle guette en vain sur le visage du notaire le frémissement d'une émotion, le rictus d'une colère... Enfin, le regard de son mari se pose sur elle :

– Nous sommes quatre à savoir. Personne d'autre ? Pas même Jacques ?

– Je te le jure. Il a fallu ces vacances à Sanluc pour que mon secret me soit arraché.

– Merci...

Il s'est rapproché d'elle, caresse ses cheveux, se laisse aller à la tendresse comme si lui aussi se libérait d'un poids. Rosine découvre un autre homme, cède à ses audaces...

– Merci de m'avoir épargné le scandale.

Sa voix trahit son impatience. Rosine se laisse dévêtir par des mains dont la fébrilité l'embrase...

– Plus tard... oui, plus tard, tu reprendras ta liberté... Les Grimaud ont encore besoin de toi... Juliette... Henri... moi... Ne nous abandonne pas encore.

Tout en hoquetant, il la conduit habilement au plaisir. Ses lenteurs et ses brusqueries d'animal lui arrachent des gémissements...

– Jure-moi… Jure-moi… Rosine… que tu resteras… avec moi.

Anéantie par la jouissance, elle crie les mots qu'il espère :

– Oui… Fernand… je te le jure.

Il la remercie d'un dernier assaut, puis l'apaise avec des mots tendres et des caresses. Lucides à nouveau, ils reprennent une position sage sur le canapé, sous les trois portraits.

Cependant, le notaire est inquiet. Quelle assurance peut-il avoir d'une promesse arrachée en ces circonstances ?

– Tu as promis. Tu te souviens ?

– Oui, Fernand. Tu as ma parole, dit Rosine qui vient de découvrir que l'habileté de son notaire de mari ne se limite pas à son étude.

Dans un dernier baiser, elle lui murmure :

– Où as-tu appris tout ça ?

– Je t'en apprendrai beaucoup plus. Nous rattraperons le temps perdu, dit le notaire avec un sourire satisfait.

Ce « nous » semble à sa femme la garantie d'un durable bonheur.

15

Confiante et angoissée, Rosine attend la sonnerie du téléphone. Enfin celle-ci retentit et, avec des éclats de joie dans la voix, Luciole lui annonce qu'elle sort major de l'École nationale d'administration. Rosine remercie le ciel d'être une mère comblée. Sa fille démontre avec panache la supériorité des femmes.

Dans la grisaille ouatée de la bourgeoisie de Garbois, où les épouses n'existent que dans l'ombre de leurs époux, Rosine s'est résignée trop longtemps à n'être elle-même que dans la clandestinité. Avec Luciole, elle prend sa revanche. Une revanche qui va susciter nombre de jalousies.

Le lendemain, Luciole est accueillie en gare de Garbois par le sous-préfet, le maire, le curé et tout le gratin de la société. La ville veut accueillir son héroïne avec les fastes que l'on réserve à un champion médaillé d'or aux Jeux olympiques. Mlle Luciole Grimaud, fille aînée de maître Grimaud, sera donc fêtée au champagne et aux petits fours dans les salons de la sous-préfecture.

Près de sa fille, Rosine sourit et rougit comme elle aux compliments. L'une et l'autre feignent de les croire sincères – et peut-être le sont-ils.

Le notaire, lui, se tient à l'écart. Quelques clients

l'entourent et en profitent pour lui demander conseil pour la vente d'un terrain ou l'achat d'une maison.

L'absence du professeur Forelli-Alban, que Luciole excuse, fait naître quelques sourires. Tout Garbois sait que la fille aînée du notaire était son étudiante et qu'elle lui doit sa spectaculaire réussite. « Et peut-être davantage », chuchotent quelques langues perfides. Mais le professeur a trop bonne réputation pour qu'on le soupçonne d'être plus qu'un père spirituel, et la famille Grimaud est trop honorable pour que l'on doute ouvertement de la vertu de la femme du notaire. Rosine et Luciole remarquent les sourires et s'en amusent. Elles savent leur secret bien gardé.

Les discours terminés, elles se mêlent aux convives qui les harcèlent de louanges et d'embrassades.

– Chère Luciole, quel honneur pour nous, les femmes ! Si jeune et déjà conseiller d'État ! C'est à l'Élysée, oui, à l'Élysée que vos talents vous conduiront !

L'épouse du pharmacien, une femme racée qui porte avec distinction les plus aguichantes créations des couturiers parisiens, n'a pas le temps d'achever son compliment que l'épouse du médecin l'interrompt.

– C'est dans la logique de notre temps ! A une époque où les femmes revendiquent toutes les libertés et s'autorisent toutes les audaces, il est bien normal qu'elles aspirent aux plus hautes fonctions et ravalent les hommes au rôle de faire-valoir.

Cheveux gris, corsage rebondi, bourrelets et double menton, l'épouse du médecin recherche l'affrontement verbal chaque fois que « l'hétaïre », comme elle surnomme la pharmacienne, prend la parole devant elle.

Luciole, qui n'ignore rien de leur antipathie réciproque, intervient dans un échange dont elle craint les dérapages.

– J'aurais pu être postière, institutrice ou infirmière. Le destin a voulu que j'entre au Conseil d'État. Mais je suis une femme. Comme vous. Comme maman. Et comme elle, je me marierai et j'aurai des enfants.

Rosine sourit à sa fille. Renonçant à leurs compliments, les deux ennemies s'éloignent, l'une pour aller glaner ceux des hommes, l'autre pour se lamenter avec d'autres femmes aussi mûres qu'elle sur la décadence des temps. Ni le pharmacien, ni le médecin n'ont d'enfants.

Rosine entraîne sa fille à l'écart :

– C'est vrai que tu veux te marier et avoir des enfants ?

– Oui, maman. Les enfants, Dieu en décidera. Mais le mariage dépend de moi et je le veux. Sois patiente. Je te réserve une grande, une trop grande surprise peut-être.

Rosine n'en saura pas plus aujourd'hui. Des admirateurs accaparent Luciole qui se laisse mener vers d'autres petits fours et d'autres coupes de champagne.

Rosine résiste à la tentation de disputer la faveur des hommes à la femme du pharmacien. Elle s'amuse du manège du notaire qui, abandonnant ses clients, prend des airs avantageux pour s'attirer les œillades de « l'hétaïre ». Qu'il résiste ou succombe à ses charmes laisse Rosine indifférente.

16

« Écris ton journal », avait dit Pierre à Luciole quand il l'avait installée dans son studio, dans le même immeuble que le sien. « C'est un excellent exercice. Plus tard, quand je ne serai plus auprès de toi, tu seras peut-être heureuse de le relire. »

Ce moment est arrivé. Les années qui les ont unis dans la même passion des études, la même volonté de réussite, le même bonheur d'un amour partagé, s'achèvent. Et Luciole songe moins au Conseil d'État qu'à l'avenir que, désormais, elle assumera seule.

Elle a retrouvé sa chambre. Les succès appelant d'autres succès, et ses études se prolongeant sous le contrôle exigeant de Pierre, elle est rarement revenue à Garbois. A chaque fois, elle y est accueillie à bras ouverts. Rosine est si heureuse de la retenir auprès d'elle et d'en faire sa confidente, comme avant !

L'accueil du notaire n'est pas moins chaleureux. Après l'aveu, il n'a pas caché à Luciole qu'il savait n'être pas son père, et il a paru heureux d'être délivré d'une charge qu'il se reprochait de mal assumer. Luciole était si différente des deux autres qu'il n'avait pas pour elle les mêmes élans du cœur. Il avait pourtant essayé d'être un bon père, mais, devant cette fille très douée, il prenait trop conscience de ses médiocrités pour ne pas craindre son jugement. Il s'en était protégé par une attitude hautaine, faussement détachée, que Luciole acceptait comme prix de sa différence. Elle l'aimait, mais ne s'abandonnait jamais auprès de lui comme auprès de sa mère. Heureuse d'apprendre qu'il n'était pas son père, elle comprit mieux son attitude et l'en aima davantage.

Quand elle revenait, il avait pour elle des tendresses dont son enfance avait été sevrée. Il n'avait rien exigé d'elle que la promesse de garder le secret. Sachant qu'elle tiendrait parole, il pouvait, sans craindre le scandale, la confier à son vrai père et accepter, sans réticences, qu'elle ait son studio dans le même immeuble que le professeur, et non dans une institution religieuse, comme la fille du sous-préfet.

Au fil des ans, chaque succès universitaire de Luciole renforçait l'honorabilité du notaire. Les Grimaud consolidaient leurs affaires et leur fortune, autant par le prestige grandissant de la fille que par les compétences notariales du père.

Encore émoustillée par le champagne du sous-préfet, Luciole a décidé de ne pas dormir. Cette nuit, elle va revivre les années qui l'ont conduite, concours après concours, jusqu'à la plus haute marche du podium universitaire. Mais les feuillets de son journal, dont elle connaît chaque mot, la tiendront-ils éveillée ?

Cédant à la manie normalienne, elle se cherche une référence illustre. Elle aura sa nuit, comme

Descartes eut la sienne. Non pour enrichir la philosophie d'une « science admirable », mais pour voir clair en elle-même.

Avant de commencer sa nouvelle vie, elle veut que tout ce qui l'a faite telle qu'elle est aujourd'hui lui revienne en mémoire. Elle s'y attardera comme on s'attarde sur une photo jaunie. Descartes avait son poêle. A elle, la chaleur du cœur suffira. Ainsi, elle émergera de sa nuit mémorable mieux armée, non pour penser juste, comme lui, mais pour vivre vrai.

Au matin, elle dira tout à Rosine, quand elle aura puisé, dans ce passé qu'elle veut revivre, le courage de ne rien lui cacher, la force de lui faire mal.

Mais comment remonter dans ces longues années universitaires sans que la monotonie des jours, ponctués seulement par le succès d'un concours ou l'aventure d'un amour, ne finisse par l'endormir aussi sûrement qu'un somnifère ?

Tout comme Descartes, il lui faut, pour cette nuit du souvenir, une méthode. Tout cet ensemble complexe qu'elle a emmagasiné, joies, émotions, angoisses, désirs, résolutions, espérances, elle pourrait, à la manière du philosophe, en isoler chaque élément et le recréer comme s'il était présent... C'est décidé. Elle ne relira pas son journal, mais jonglera avec les lettres de l'alphabet. Chaque lettre suggérera un élément et déclenchera les mécanismes de sa renaissance...

Luciole s'est allongée sur le lit. Elle ferme les yeux. Elle attend.

17

P est la première lettre qui lui vient à l'esprit. Elle sourit et prononce à haute voix : « *P* comme *Père.* Comme *Papa.* Comme *Pierre.* Comme *Professeur.* »

Ce train qui file vers Paris est celui de la rupture. Loin du nid familial, elle va devoir voler de ses propres ailes. Saura-t-elle assurer ses forces ? Les conseils ne lui ont pas manqué. Ni ceux de Rosine, ni ceux du notaire. Rosine lui a surtout montré sa détresse. Luciole a su trouver les mots qui ont séché ses larmes. Quant au notaire, il a caché son émotion sous la solennité des dernières recommandations :

– N'oublie jamais, Luciole, le nom qui est le tien. Tu es une Grimaud. L'accueil de ton vrai père, à Paris, ne change rien à ton état civil. Moi aussi, je suis ton père. Du moins, j'ai essayé de l'être. Et je le resterai aussi longtemps que tu voudras bien m'accepter comme tel. Fais-nous honneur à tous les deux. Je te souhaite bonne chance.

Et le notaire l'a embrassée comme jamais il n'avait fait.

Il lui faudra s'habituer à avoir deux pères. Elle s'en accommodera sans craindre d'être injuste ou indigne. L'un exigera d'elle plus qu'elle ne peut donner et elle sera heureuse de se surpasser pour répondre à son exigence. L'autre lui demandera de rester Luciole Grimaud, héritière d'un nom respectable qu'aucun scandale ne doit ternir, et elle ne le ternira pas. Si elle sait, parce que Rosine le lui a appris, comment être une demoiselle Grimaud, jeune fille de la bourgeoisie garboise, personne ne lui a dit comment être la fille clandestine d'un homme célèbre à Paris.

Elle garde en elle le souvenir précieux de tout ce qu'elle a osé avec Pierre à Sanluc dès qu'elle a eu l'intuition qu'il pouvait être son père. Mais comment doit-elle se conduire, maintenant qu'elle sait ?

Le train arrive en gare. Elle l'aperçoit sur le quai. Qu'elle était sotte d'appréhender leurs retrouvailles ! Ils s'élancent l'un vers l'autre et, blottie dans ses bras, lèvres écrasées contre sa joue, elle dit seulement :

– Papa...

Dans le studio où il l'installe, tout respire la tendresse d'un père. Le coin repos, douillet et fleuri, donne sur le jardin du Luxembourg. Le coin travail, plus austère et sans fenêtre, ignore l'extérieur, mais, grâce à tous les livres à portée de main, c'est vers d'autres univers qu'elle s'échappera. Elle n'a pas à craindre de s'y aventurer, son professeur est là pour la guider.

Son appartement à lui se trouve deux étages plus bas. Un appartement aménagé pour le travail et la réflexion plus que pour les plaisirs du corps. Des livres partout, des journaux, des revues, un vaste bureau encombré de dossiers et, accroché au mur, le portrait de la Mélie dont le regard chaleureux réchauffe un peu cette froideur monacale.

Ils prennent leur premier repas en tête à tête dans un restaurant du quartier Latin. Après l'accalmie des vacances, la rentrée universitaire enfièvre de nouveau le boulevard Saint-Michel. Bronzés par le soleil des plages ou des cimes, garçons et filles y déambulent en deux colonnes denses, l'une montante, l'autre descendante. Ils s'apostrophent et s'esclaffent au hasard des retrouvailles. Ils ont raison d'en profiter : ils vont bientôt devoir affronter de dures réalités. Des réalités que Luciole redoute. Et si elle n'était pas à la hauteur ? Le professeur la rassure. Il s'attendrit à la pensée qu'elle aura besoin de lui.

De ce premier contact avec Paris et des propos échangés, Luciole n'oubliera rien. Pas plus qu'elle n'oubliera ce qui sera, désormais, leur vie commune.

– Si je t'ai installée dans ce studio, ce n'est pas pour te tenir en laisse, dit Pierre, mais pour que tu saches que je serai près de toi quand tu auras besoin de moi. Tu t'engages dans des études longues et difficiles. Après moi, d'autres prendront le relais pour t'amener plus haut et plus loin. Je crains que tu n'aies guère de temps à consacrer aux plaisirs de ton âge.

– J'en ai conscience. Je suis venue pour conquérir avec ton aide les titres qui sont à ma portée. Je suis venue aussi pour vivre avec mon père. C'est un bonheur si neuf et si intense que les autres auprès vont me paraître bien fades.

– Je voudrais n'être que tendresse et indulgence pour toi. Mais le professeur que je suis devra faire montre aussi de sévérité, voire de dureté. Il t'arrivera peut-être de me détester.

– Ne crains rien. Je suis ta fille. J'essaierai de ne pas mériter tes reproches. Et si je les mérite, je les accepterai, comme j'accepterai les sanctions.

«Je suis sa fille»... Pendant toutes les années qu'ils vont vivre ensemble, Luciole se le répétera souvent. Mais se découvrir fille d'un homme séduisant à l'âge où la sensualité s'éveille et exige, ce sera aussi vivre dans la tentation permanente d'oublier le père pour regarder l'homme.

Un homme que tout le monde regarde. Dans la rue. Au restaurant. Sur le boulevard Saint-Michel. Partout. Les œillades des femmes essaient de lui arracher un sourire, une promesse... Luciole, qui l'accompagne, s'appuie à son bras, frôle du visage son épaule, essaie de retenir ce regard d'homme qu'on veut lui prendre. Elle parle d'abondance et rit très fort pour signifier à toutes ces voleuses que cet homme-là, c'est son père. Et qu'elle le veut pour elle seule.

Au restaurant plus qu'ailleurs, elle s'amuse de l'ambiguïté de leur situation. Le professeur y fait toujours une entrée remarquée. Des couples attablés se lèvent pour le saluer. Des jeunes femmes abandonnent à leur verre l'homme qui les accompagne et s'empressent vers lui, pour lui rappeler qu'elles ont été ses élèves, pour l'embrasser. Elles ont sûrement été amoureuses de lui... Elles regardent Luciole avec une curiosité amusée. «A son âge, oser s'afficher avec tant d'effronterie !» Voilà ce qu'elles pensent sans oser le dire. Luciole le devine et ne cherche pas à dissiper cette méprise qui l'amuse. Au contraire. Elle aussi lance des œillades au professeur, s'assoit en s'attirant toutes ses prévenances, boit dans son verre, chuchote à son oreille, tend la joue pour un baiser, dit bien haut : « Monsieur le professeur »... Tous les regards quittent alors les assiettes et s'attardent sur eux. Leur bonheur a l'air si profond que les curiosités qu'il éveille n'en condamnent pas toute l'indécence.

Le professeur n'est pas dupe de son jeu, mais il ne résiste pas au plaisir du laisser-croire. Jamais il ne dit : « Je vous présente ma fille Luciole. » Comme s'il se complaisait dans cette ambiguïté. « Pauvre pitaud, qui n'a jamais rien fait comme tout le monde. » C'est sa Mélie qui le lui a dit un jour. Plus il avance en âge, plus il sait qu'elle a raison.

Hériter d'une fille quand elle est déjà femme, vivre avec elle, jour après jour, les sept années de ses études et assister à son épanouissement peut parfois relever du supplice. Il faut, pour ne pas céder à une tentation monstrueuse, se répéter, chaque fois que l'on s'accorde avec elle une détente : « Luciole est ta fille... ta fille. »

Qu'ils jouent avec le feu devant un public qui en redemande, pourquoi pas... s'ils apprennent à ne pas s'y brûler.

C'est au théâtre de l'Odéon que Luciole prend conscience, un soir, qu'elle risque gros à s'abandonner à ses fantasmes. Ce soir-là, on joue *Œdipe.* Elle et le professeur sont seuls dans leur loge. Luciole craint de ne pouvoir résister à son envie d'un baiser indécent. Pour faire taire cette envie, elle se laisse capter par le jeu des acteurs. Elle compatit aux malheurs d'Œdipe. Elle souffre de ses souffrances comme si, elle aussi, était condamnée à un destin tragique.

A l'entracte, elle tend vers Pierre un visage torturé. « Quel talent ont les comédiens pour la mettre dans cet état », pense-t-il. Devant les autres qui les regardent, il veut l'apaiser de mots tendres et de baisers, l'attirer au jeu du laisser-croire.

Mais Luciole ne joue pas. Elle revient dans la loge, s'y enferme et attend que le rideau se lève. Pierre s'inquiète, insiste pour savoir ce qui la tourmente...

– Papa, Œdipe tue son père, épouse sa mère, en a des enfants... Tout cela est monstrueux. Mais est-il coupable ?

– Non. Puisqu'il ignorait en tuant Laïos qu'il tuait son père, et en épousant Jocaste qu'elle était sa mère.

– Donc l'inceste n'est monstrueux que si l'on sait.

– Oui.

– Savoir que c'est monstrueux, est-ce suffisant pour ne pas succomber ?

– Pas toujours. Mais dans ce cas, on n'échappe pas à la culpabilité.

– La culpabilité est une notion morale et juridique. C'est donc la morale et la loi qui interdisent l'inceste ?

– Oui. Mais aussi le refus de l'anormalité. Toutes les civilisations condamnent l'inceste car c'est un acte anormal.

– Avoir des relations incestueuses est donc un défi à tous les interdits ? Mais n'est-ce pas par le défi qu'on affirme sa liberté ?

– Quand on revendique cette liberté-là, comme celle de tuer père et mère, on est un monstre, Luciole.

– Œdipe, qui ne savait pas, et n'était donc pas coupable, s'est crevé les yeux quand il a su. Pourquoi ?

– Ayant honte de lui-même, il ne supportait plus de se voir.

– Et si la tentation de l'inceste était plus forte que tous les interdits ?

– Personne n'est à l'abri de la tentation. Celle de l'inceste est insidieuse. Elle s'installe, harcèle, affole... Il faut garder toute sa lucidité pour y résister.

A la fin du spectacle, Luciole ne souffre plus des souffrances d'Œdipe. Elle a séché ses larmes. Un sourire éclaire son visage. Elle écrase sur la joue de Pierre un baiser et dit :

– Moi, je sais que tu es mon père.

Elle n'en dira pas plus, mais est-ce nécessaire ? Sans en faire l'aveu, ils connaîtront les mêmes tentations et y résisteront. Quand le trop séduisant professeur fera naître en son étudiante particulière des désirs interdits, elle l'appellera « papa » et cela suffira.

18

P ne veut pas céder la place, et les autres lettres s'impatientent ! La nuit n'y suffira pas ! Enfin le *E* se présente, avec le *F* dans son sillage. *E* comme *Études*, comme *Écoles*... *F* comme *Filles*, comme *Femmes*...

Luciole se rend à Louis-le-Grand à pied, seule. Jamais son père ne l'accompagne. En classe, il est le professeur Forelli-Alban et rien d'autre. Il ne lui accorde aucune familiarité qui puisse la distinguer des autres. Tous le respectent et le craignent. Mais il sait se faire aimer aussi. Sans démagogie.

Luciole ne jalouse pas l'admiration muette qu'elle lit dans les regards. Elle l'éprouve elle-même plus que les autres car ce professeur-là est son père. Un père clandestin et qui doit le rester. Elle s'imprègne de tout ce qu'il enseigne. Jamais désemparée devant les concepts les plus abstraits, elle s'alourdit de connaissances nouvelles comme l'abeille du pollen des fleurs. Le soir, dans la solitude du studio, elle régurgite ce qu'elle a moissonné. Il s'agit de faire son miel de tout ce pollen recueilli. Demain, telle l'abeille, elle butinera encore avec la même ardeur.

Dans cette khâgne de trente élèves, vingt-sept garçons supportent avec condescendance la présence de trois filles. C'est un événement : la khâgne de Louis-le-Grand n'avait encore jamais accueilli de filles. Le professeur ne leur accorde pas d'attentions particulières. Il interroge Mlle Grimaud comme il le fait pour M. Gaspard. Chaque élève est appelé par son nom. Jamais par son prénom. Monsieur, mademoiselle... respect et distance. Respect de la personne. Distance nécessaire entre l'enseignant et l'enseigné.

Les trois filles affrontent les garçons et n'en sont pas intimidées. Elles prouveront qu'elles ne leur sont pas inférieures. Mlle Édith Wurmser est la fille d'un haut fonctionnaire parisien. Le père de Mlle Sabine Garcia est le plus célèbre avocat du barreau de Paris. Seule, Luciole Grimaud est provinciale et d'origine plus modeste. Mais elle veut être une élève exemplaire. Là d'où elle vient, elle a toujours été la première. Elle a ébloui ses professeurs. Elle veut que le professeur Forelli-Alban soit ébloui, lui aussi.

Mais la concurrence est rude. Luciole l'affrontera. Elle en a les moyens.

S'adapter d'abord à l'enseignement du maître. Cela lui sera facile car il convient à sa nature. Le professeur s'interdit de gaver ses élèves comme des oies. Il n'apprécie pas ceux qui lui restituent, de mémoire, son cours de la veille. Son jugement sur ceux qui procèdent ainsi est sévère. « Ils n'engraissent que leur mémoire. Ils ne nourrissent pas leur esprit. Jamais ils n'accéderont à la vraie culture qui s'enrichit de la richesse des autres en la digérant, en l'assimilant, en la transformant pour la faire sienne... »

Au perroquet qui répète, le professeur préfère le chien maigre qui pourchasse son gibier. La formule n'est pas de lui. Elle est d'Alain, le philosophe, et elle lui convient. Son enseignement tient ses élèves éveillés, moins par souci de n'en rien perdre que pour être armés lorsqu'il leur faudra à leur tour s'exprimer.

Il apprécie les exposés charpentés, documentés, au style châtié. S'ils sont mal étayés, médiocres de forme et de fond, il intervient, conseille, rectifie, renvoie aux sources, appelle à plus de rigueur. C'est un exercice salutaire qui révèle les talents, mais aussi les faiblesses, et qui n'humilie jamais. Dans cette épreuve où chacun parle devant les autres, les garçons perdent leur superbe. Ils croyaient que les filles ne résisteraient pas à leurs sourires ironiques, à leurs regards suffisants. Il leur faut déchanter. La confrontation n'est pas à leur avantage. Les trois filles sont éblouissantes.

Ce que la classe redoute le plus, c'est la remise des copies, notées et annotées. Les filles partagent l'angoisse des garçons. Comme eux, elles seront jugées sans complaisance. Mais la qualité de leurs textes exclut toute sévérité. Édith, Sabine, Luciole sont dans le peloton de tête. Quelques garçons les accompagnent, mais ne les surpassent pas.

Le professeur est avare de compliments, mais il cède parfois à la cruauté quand la nullité d'une copie ressemble à une provocation préméditée, comme ce jour où un élève a copié au tableau une phrase ronflante qui ne veut rien dire. Le professeur en souligne les défauts avec une ironie acide. Sa diatribe terminée, l'élève, avec une insolence enrobée de respect, s'étonne de sa sévérité et révèle que la phrase qui a déclenché ses sarcasmes n'est pas de lui... mais de Victor Hugo, et qu'on peut la lire à la page 274 des *Misérables.* Stupéfaite, la classe va pour s'esclaffer lorsque, d'une main impérieuse, le professeur lui impose le silence.

– Monsieur, lorsqu'un clochard vous tend la main et que les haillons dont il est vêtu s'ornent d'un bout d'étoffe rutilant, grossièrement cousu pour masquer une déchirure, qu'est-ce qui vous choque le plus ? Ses haillons ou ce morceau d'étoffe rutilant ?

La classe applaudit. Penaud, l'élève retourne à sa place. Lors de la pause, chacun reconnaît que le professeur Forelli-Alban est un « grand monsieur ».

C'est pourtant un professeur sans indulgence pour lui-même que Luciole retrouve le soir dans son studio.

– Ma réponse à ce monsieur était une malhonnêteté intellectuelle. Je veux que tu le saches. Je me suis attribué une repartie qui ne m'appartient pas. Elle est de mon collègue Belsort. Je ne m'en suis souvenu qu'après coup.

Il ajoute, comme s'il se parlait à lui-même :

– Méfie-toi de la mémoire, Luciole. Elle vous souffle les formules des autres pour vous dispenser d'inventer les vôtres. C'est le drame des professeurs. Ils ne sont parfois que l'écho de leurs maîtres.

A chaque classement trimestriel, Luciole n'est que quatrième. Elle qui a toujours été première n'accepte pas cette défaite. Les mots tendres du père, dans ce studio où elle s'épuise en longues veilles, ne sèchent pas ses larmes.

– Ma chérie, tu es dans le peloton de tête... Tu entreras à Normale à un rang plus qu'honorable...

– Je veux être première. Je veux reprendre ma place.

Le professeur doute qu'elle puisse y arriver. Édith et Sabine viennent d'un milieu où l'éducation propulse vers les cimes dès l'enfance. Luciole, elle, s'est attardée dans les prairies de Sanluc. Elle sera normalienne, il n'en doute pas. Quant à revendiquer la première place...

Ses larmes enfin séchées, souriante et volontaire, Luciole repartira pourtant le lendemain à la conquête de cette place-là. C'est Édith Wurmser qui l'occupe. Paul Ansart la talonne de près. Un autre garçon, Gilbert Beauval, devance Luciole. Sabine Garcia est cinquième. Trois filles contre deux garçons. C'est une performance que le professeur se garde de souligner, soucieux d'ignorer les sexes. Ses élèves, eux, ne les ignorent pas.

Aux garçons, on ne demande rien d'autre que d'obtenir les meilleures notes. Personne ne reproche à Paul Ansart son allure souffreteuse, son visage boutonneux, son refus d'accorder à son corps les mêmes attentions qu'à l'esprit. Il est deuxième. Il sera premier. Ses dons exceptionnels en imposent à tous. Il a la séduction d'un esprit supérieur, et les disgrâces de son corps n'altèrent en rien l'admiration qu'on lui voue.

Les filles ne bénéficient pas de la même indulgence. Édith Wurmser est belle et son corps séduit autant que son esprit. Mais qu'un vilain bouton vienne à pointer sur son nez et voilà sa supériorité remise en cause. Comme si ce qui altère la beauté d'une femme rendait moins séduisant son esprit.

Luciole ne néglige rien pour attirer le regard des garçons, ni la grâce de sa démarche, ni la qualité de son sourire. Elle se veut l'égale d'Édith de corps et d'esprit. Peut-être même éveille-t-elle chez les garçons des ardeurs que la beauté froide d'Édith ne suscite pas. Luciole est femme. Irrésistiblement. Comme Rosine. Elle le sait. Les garçons aussi. Leurs regards la renseignent sur son pouvoir. Elle surprend parfois leurs conversations et n'en rougit même pas.

– Édith est belle, mais Luciole a un plus joli cul.

Ce « joli cul » l'obsède. Elle sait qu'elle a de beaux yeux, une taille de guêpe, de longues jambes, une chevelure opulente, un sourire éclatant, des seins provocants... Mais un joli cul, elle ne le sait pas. Ses condisciples sont-ils bons juges ? Pourquoi ne pas interroger son père ? Un soir, elle ose.

– Papa, est-ce que mon cul est joli ?

Papa blêmit, décontenancé par son effronterie. Il sait que sa fille s'autorise toutes les audaces, mais celle-là... Le regard de Luciole le rassure : sa curiosité n'est pas malsaine. Elle veut simplement que son père lui dise si, là aussi, il est fier de sa fille.

– Oui.

– Plus beau que celui d'Édith ?

– Je le crois. Mais c'est aux garçons qu'il faut le demander.

– Merci. Je suis sûre que je serai première.

Au concours d'entrée à Normale supérieure, Luciole, en effet, arrive en tête. Le joli cul a vaincu la beauté glacée.

Luciole en a conscience : c'est aux séductions de son corps qu'elle doit de croire en elle.

Normalienne, Luciole jouit pleinement d'une liberté que les contraintes de la khâgne lui refusaient. Un seul objectif : réussir l'agrégation. Elle a tout le temps pour s'y préparer.

A Normale, elle peut se mesurer aux autres sans être condamnée à leur prouver sa supériorité. On ignore ici les angoisses des classements trimestriels et les compétitions sauvages. Certes, elle est bien déterminée à ne pas manquer sa sortie. Elle est entrée première. Elle sera première à l'agrégation. En attendant, elle n'est qu'à l'écoute de ses propres exigences. Celles de l'esprit, du cœur et du corps. Jamais la formule de son père – celle qu'il a empruntée à Alain – n'a autant convenu à sa fringale. Elle est ce « chien maigre qui pourchasse son gibier ».

La fringale du corps est difficile à satisfaire. Le gibier est abondant, mais Luciole n'en veut pas. Le souvenir du berger de Sanluc est depuis longtemps oublié, et elle garde l'espoir que son esprit, son cœur et son corps seront un jour ensemble rassasiés par un chasseur qui aura su la piéger... Pourtant, le joli cul a éveillé bien des appétits ; elle n'est pas toujours rentrée bredouille, la coquine !

L'autre gibier, celui dont elle nourrit son esprit, elle le pourchasse partout. A l'École, bien sûr, où ses professeurs éveillent en elle des zones endormies et lui révèlent des facultés ignorées. Dans les bibliothèques, elle aime s'attarder en compagnie de son père. Ils les connaissent toutes pour y avoir passé de longues heures, isolés dans leurs lectures et leurs pensées, mais unis par la joie d'être ensemble. Sainte-Geneviève est leur préférée. Mais celles de la Sorbonne et la Nationale les voient souvent aussi. Luciole y fait son miel de tout ce qu'elle lit. Maintenant qu'elle est normalienne, c'est elle qui choisit ses fleurs.

Ce gibier, il faut aussi le pourchasser dans les théâtres, les cinémas, les restaurants, les églises. Partout, elle le débusque. Partout, son père l'accompagne. L'un et l'autre ont le même appétit. Le professeur s'inquiète parfois de découvrir sa fille si semblable à lui-même :

– Je ne veux pas que Luciole Grimaud soit un professeur Forelli-Alban en jupons. Sois pleinement toi-même ! T'y aider est ma seule ambition.

Elle répond avec la voix et les gestes de Sanluc :

– Je te ressemble par les yeux et sans doute par d'autres traits de mon visage. Je suis ta fille, à l'évidence. Seuls les aveugles pourraient en douter. Mais là s'arrête et s'arrêtera notre ressemblance. Tu es inimitable. J'essaierai de l'être, moi aussi.

Le chien maigre qu'elle est chasse aussi dans l'amphi de la Sorbonne. C'est là qu'elle trouve les plus riches nourritures. Là aussi qu'elle a le plus souffert de sa clandestinité.

Coopté par ses pairs, après une remarquable soutenance de thèse, c'est en effet dans ce haut lieu de la pensée que le professeur Forelli-Alban enseigne désormais. Sa leçon inaugurale a attiré une foule d'amis, d'admirateurs, d'anciens élèves, d'étudiants, de curieux, hommes et femmes, jeunes et vieux. Tous l'écoutent et l'applaudissent. Ils envahissent la chaire et le félicitent. Luciole réussit à se faufiler. Elle s'accroche à lui et l'embrasse. Elle pleure. Elle voudrait crier qu'il est son père et qu'elle est sa fille, mais elle se retient.

Les plus indulgents pensent que le professeur Forelli-Alban a bien de la chance d'être embrassé par une si belle et si jeune admiratrice.

Sa fringale, jamais rassasiée, l'entraîne aussi au-delà des frontières du quartier Latin. Elle est attirée par le militantisme étudiant qui condamne les guerres coloniales, celle qui s'enlise en Algérie notamment. Ceux qui en reviennent racontent ce qu'ils ont vu. Rarement ce qu'ils ont fait. Les atrocités, ce sont toujours les autres qui les commettent.

Luciole ouvre les yeux sur les malheurs du monde, sur l'injustice qui les engendre et l'égoïsme qui les aggrave. Ces prestigieux agrégés qui, de leur tour d'ivoire, éclairent comme des phares mais ne participent pas au sauvetage des naufragés, tous ces champions de la pensée qui se contentent de penser, perdent pour elle un peu de leur séduction.

Son père, Dieu merci, n'appartient pas à leur cénacle. Il a fait de la résistance. Il a combattu le nazisme. Il a risqué sa vie. Il ne lui en parle jamais, mais elle le sait. Comme elle sait aussi qu'il est attentif aux orages qui menacent en Afrique... Sur ce plan-là, elle veut lui ressembler.

Elle n'est pas la première femme qui ne s'accommode pas de la misère des autres. Normaliennes ou pas, elles sont nombreuses à avoir payé leur refus d'un lourd tribut de souffrances. Plus que les autres, Louise Michel, l'institutrice, et Simone Weil, l'agrégée, sont pour elle des modèles. Elle sait qu'elle ne peut les rejoindre dans l'héroïsme et qu'elle n'ira, ni au bagne comme Louise, ni en usine comme Simone. Mais elle se veut comme elles femme de cœur et d'action.

Luciole est reçue troisième à l'agrégation. Avec Paul Ansart à la première, l'honneur des garçons est sauf. Les disgrâces du corps n'ont pas terni l'esprit. Édith Wurmser est deuxième. Revanche de la beauté glacée sur le joli cul.

Luciole n'en éprouve aucune amertume. A son père qui ne lui cache pas sa déception, elle répond qu'elle ne souffre pas que Paul et Édith l'aient dépassée. Le classement de sortie n'a plus pour elle la même importance.

Le père s'étonne et craint que sa fille ne s'égare. Il veut comprendre les raisons de ce renoncement. Luciole attendait ce moment. Elle se confie à lui avec, comme chaque fois, la certitude d'être comprise :

– J'ai vécu intensément ma vie de normalienne. J'aurais obtenu cette première place si elle m'était apparue essentielle...

Le pauvre papa ne peut maîtriser son angoisse ! Luciole va-t-elle lui reprocher de l'avoir fourvoyée ?

– Rassure-toi, tu m'as guidée sur la bonne voie, mais elle ne me conduit pas où tu voudrais que j'aille. Ce que j'ai appris, je n'irai pas le transmettre dans un lycée de province. Je ne serai pas ce que tu craignais, un professeur Forelli-Alban en jupons. Tu as fait de moi une femme de pensée. Je voudrais être aussi une femme d'action.

– Est-ce incompatible ?

– Non. Mais l'action exige d'autres compétences.

– Où penses-tu les acquérir ?

– A l'E.N.A.

– A l'E.N.A. ? Mais que d'obstacles à franchir encore, que de difficultés à vaincre...

– Je le sais. Mais j'y parviendrai, puisque nous serons ensemble.

La séparation qu'il prévoyait et dont il souffrait déjà lui est épargnée. Il gardera sa fille près de lui, et pour longtemps, peut-être. Il la prend dans ses bras, la soulève, porte son visage à hauteur de ses lèvres, revit l'émotion de leur première rencontre à Sanluc.

– Tu crois que je puis t'être encore utile ?

– Plus que jamais car, cette fois, je ne raterai pas ma sortie. Je serai première.

19

Luciole a tenu parole. Major de sa promotion et conseiller d'État, le champagne de sa victoire la tient éveillée.

Elle sait aujourd'hui que l'E.N.A. lui a appris ce qu'elle en attendait : concilier l'humilité du penseur et l'assurance du décideur, le « que sais-je ? » et le « je sais »... Désireuse de retrouver dans son journal ses souvenirs de l'École, Luciole le prend machinalement sur le lit et le feuillette. Mais ce n'est pas de jeu. Les lettres protestent. Cette nuit, ce sont elles les maîtresses. *E* et *F* ont d'ailleurs largement dépassé leur temps. Voilà le *G*, le *J* et le *H* qui se présentent ensemble. *G* comme *Grimaud* et *Garbois, J comme* Juliette, *H* comme *Henri...*

Henri... Luciole l'a longtemps cajolé. Au retour des vacances, c'était les mêmes tendresses qu'au temps de leur enfance. Il faisait mine d'en être agacé, mais il n'aurait pas admis d'en être privé.

Si l'amour-propre du notaire souffrait des mauvais classements de son fils, Luciole trouvait au contraire du charme aux lenteurs d'esprit du petit frère. Enfin un garçon différent de ceux qu'elle connaissait, désireux de l'impressionner par leur prétention au génie ! Elle ne doutait pas que ce qui sommeillait en lui et que le lycée ne savait éveiller se manifesterait un jour et le conduirait bien au-delà de ce qu'espérait son père.

Luciole avait vu juste. Après un bac sans panache, son frère entreprit ses études de notaire et y révéla des aptitudes jusque-là ignorées. Lui qui n'avait jamais brillé devint éblouissant.

Son corps n'avait pas attendu ces succès pour se développer. En quelques années, sa taille avait rattrapé celle de la grande sœur puis l'avait dépassée. Sur les courts de tennis, son allure et ses prouesses de champion attiraient les regards des filles, et c'est là d'abord qu'il s'était habitué à être admiré.

L'avenir du nom et celui de la fonction semblant assurés, maître Grimaud décida que son successeur devait s'y préparer. Il céda à son fils le fauteuil qu'il occupait depuis la mort de son père et retrouva celui qui était le sien auparavant. Il s'accorda des absences répétées dont Rosine fut curieuse, mais ne prit pas ombrage. Elle tenait trop à la liberté de ses propres escapades pour exiger de son mari qu'il s'interdît les siennes.

Jour après jour, l'amabilité du fils prit le pas sur l'austérité du père. Appréciant autant l'humanité du jeune notaire que ses capacités, les familles garboises les plus huppées nourrirent l'espoir d'en faire leur gendre. Maître Grimaud fils brillait dans les salons, entouré de jeunes filles qui ne ménageaient ni leurs charmes ni leurs audaces pour le séduire. Henri n'en décourageait aucune, mais se gardait bien de s'afficher.

En ce domaine comme en d'autres, Rosine sut l'amener à ses vues tout en lui laissant croire qu'il avait lui-même choisi. L'élue de Rosine fut donc épousée comme s'il l'avait décidé. On l'invita moins dans les salons, mais l'étude n'en souffrit pas, loin de là. A défaut de leur fille, les pères lui proposaient leurs terrains à vendre. En échange, il leur signalait les bonnes affaires immobilières. Leur fortune, que le jeune notaire savait faire fructifier, les consolait du regret de n'avoir pu se l'associer autrement.

La jeune épouse s'empressa de lui donner ce qu'il espérait. Dans l'année qui suivit leur mariage, elle mit au monde un garçon. Luciole cessa de cajoler Henri pour s'attendrir sur son fils.

J comme *Juliette*, la sœur tant aimée... Luciole se souvient que dans ce lit, petites filles, elles dormaient ensemble... Elles y ont échangé tant de confidences, tant polissonné, tant avoué d'effronteries ! Lorsque est venu l'âge que chacune ait sa chambre, elles ont pleuré, supplié, mais leur mère est restée inébranlable, et elle les a séparées. Bravant ses interdictions, elles se retrouvaient la nuit. Alertée par leurs rires, Rosine les grondait mollement.

En lui arrachant Luciole, le professeur et Paris ont précipité Juliette dans un désarroi dont les tendresses de Rosine ne sont pas venues à bout. Dans l'espoir que sa fille reprendrait goût à la vie, elle la fit inviter dans toutes les surprises-parties. Juliette n'y fut pas insensible aux hommages des garçons. Elle savait aguicher avec des grâces félines où Rosine reconnaissait sa manière et son style. Aussi remerciait-elle Dieu de lui avoir donné une fille qui s'épanouirait dans le mariage, quand elle lui aurait choisi un mari à sa convenance.

Elle pensa bien être arrivée à ses fins lorsque le plus beau garçon et le plus riche héritier garbois lui avoua son amour pour Juliette et demanda sa main. Juliette semblait si éprise du jeune homme et s'affichait avec lui avec tant d'indécence que Rosine décida qu'il fallait mettre un terme au scandale par d'officielles fiançailles. On les marierait plus tard, quand Juliette aurait dix-huit ans.

Elle ne s'attendait pas à ce que Juliette refusât. C'est pourtant ce qui arriva. Juliette avoua aimer les garçons, et notamment celui-là, dont elle prenait plaisir à encourager les audaces. Mais jamais elle ne se donnerait à lui. Pas plus pour le plaisir que dans le mariage. Son cœur était pris ailleurs ; c'est ailleurs qu'elle voulait faire sa vie.

Rosine se souvint alors vaguement d'un récit de vacances où il était question d'engouement pour un bûcheron. « Une tocade, pensa-t-elle, qui passera comme toutes les tocades. »

Le notaire, qui évaluait tous les avantages que les Grimaud auraient retirés de ce riche mariage, fut très irrité par le refus de sa fille. En représailles, il lui interdit de rejoindre dans le Jura celui qui devait l'initier aux joies du slalom sur les pentes enneigées.

Juliette accepta la sentence sans désespoir apparent. Les lettres en poste restante et le téléphone clandestin la rassuraient sur la fidélité de son bûcheron. Elle réapparut dans les surprises-parties. D'autres jeunes gens, espérant qu'à défaut de mariage ils obtiendraient d'elle ce qu'ils voulaient, lui firent une cour audacieuse. Elle les encourageait, mais ne leur cédait pas.

L'année suivante, convaincu que le bûcheron dont elle s'était amourachée un été appartenait au passé, le notaire laissa Juliette aller le retrouver. Quand elle revint, elle fut heureuse d'apprendre à sa mère qu'elle était devenue sa meilleure élève et que ses exploits lui avaient valu quelques médailles.

Rosine la félicita et, persuadée qu'elle était « guérie de lui », demanda pour la taquiner si le bûcheron restait l'élu de son cœur. La réponse crue de sa fille l'abasourdit :

– Non seulement il le reste, mais j'ai couché avec lui toutes les nuits.

Ce que Rosine craignait arriva : sa fille était enceinte et, comble d'indécence, elle ne cachait pas qu'elle en était heureuse.

Sermons, colères, menaces du père et supplications de la mère, rien n'y fit ! Jamais elle n'accepterait de se débarrasser avant terme de cet enfant qui vivait en elle.

Maître Grimaud se résigna à marier sa fille, refusant toutefois d'en faire un événement. Il la laissa partir discrètement avec son bûcheron dans ses forêts et ses neiges, mais la dota richement, dans l'espoir qu'elle échapperait au moins aux laideurs de la pauvreté.

Juliette mit au monde un beau garçon que sa sœur tint sur les fonts baptismaux. Chaque hiver, aux vacances, Luciole venait voir son filleul. Elle oubliait pour un temps les examens et les classements auprès de Juliette, qui lui apprenait à tenir debout sur des skis. Bonne élève, comme en khâgne et à Normale, elle fut vite capable d'affronter les pièges des pistes de Lamoura et des Jouvencelles, et se mêla à la foule des participants de la Transjurassienne, sans autre ambition que de franchir la ligne d'arrivée. Quant à Juliette, elle surclassa toutes les concurrentes et fit course égale avec son champion de mari.

Aux vacances de printemps, elle rangeait ses skis pour faire un autre enfant. Luciole s'échappa de Paris pour assister à la naissance des jumelles, qui poussèrent leurs premiers vagissements sur son cœur avant de s'endormir sur celui de leur mère.

Juliette se retrouvait comme Rosine, mère de deux filles et d'un garçon. Mais la ressemblance s'arrêtait là. Juliette Grimaud était devenue Juliette Clément, et les Clément n'étaient pas une dynastie. Avec l'argent de la dot, Juliette et son mari achetèrent une maison, installèrent des machines dans une dépendance qu'ils baptisèrent usine, et travaillèrent le buis.

Quand ses marmots lui laissaient quelque répit, Juliette prenait place à la machine et, au même rythme que son mari, faisait naître d'un morceau de buis le roi ou la reine d'un jeu d'échecs. La poussière du polissage poudrait son visage et piquait ses yeux. Elle tendait alors son front vers son bûcheron qui, d'un baiser, la rassurait sur son pouvoir de séduction.

Avant l'amour, le soir, Juliette lui prenait la main, la posait sur son ventre et l'éveillait aux joies d'une nouvelle paternité.

S'ils ne faisaient pas fortune, ils étaient heureux.

Et ce bonheur, Luciole a plaisir à l'évoquer. Elle voudrait retenir cette sœur tant aimée, l'accompagner encore jusqu'à sa maison, entendre le bruit des machines et le rire des enfants...

G comme *Grimaud...*

Le notaire a quelque chose à se faire pardonner : sa désinvolture à la réception du sous-préfet. Il a été le seul à ne pas la féliciter. Ce major de l'E.N.A. que l'on fêtait était sa fille, du moins aux yeux de tout Garbois. Si Luciole lui avait demandé pourquoi, il aurait sûrement prétexté les contraintes de sa fonction, les sollicitations des clients et, surtout, la gêne de partager des lauriers qu'elle devait plus au professeur qu'à lui-même. Elle l'aurait écouté avec amusement. Elle connaît bien ses talents de comédien, comme elle sait aussi qu'il l'aime, d'un amour maladroit mais sincère.

Luciole s'est vite adaptée à l'inconfort d'avoir deux pères. Il est vrai que l'un et l'autre lui facilitent la tâche. Maître Grimaud vient souvent à Paris, non seulement pour ses affaires, mais aussi pour revoir Luciole, lui dire sa fierté d'avoir été son père et de l'être encore...

Luciole redoute au début que ces rencontres parisiennes, qui mettent en concurrence le notaire et le professeur, ne soient l'occasion d'affrontements. Les deux hommes ne cherchant qu'à lui plaire, c'est le contraire qui se passe.

Quand maître Grimaud est à Paris, les réjouissances prennent le pas sur les études. Pendue au bras de ses deux pères, Luciole se laisse conduire dans les restaurants, les cinémas, les théâtres, et s'amuse du regard des curieux intrigués par l'effronterie de ses baisers. Le notaire et le professeur les lui rendent, mais, à de discrets messages des yeux bleus, le professeur se sait le préféré.

Luciole est leur unique sujet de conversation. Sa santé, sa beauté, ses dons, son avenir, ses amours...

Sans elle, ils n'auraient rien à se dire. De ces échanges et de ce partage finit par naître une estime réciproque. Le notaire devient curieux de la vie universitaire, curiosité que le professeur prend plaisir à satisfaire. Le professeur, de son côté, interroge le notaire, qui lui enseigne toutes les astuces d'une bonne gestion.

Maître Grimaud n'a pas oublié que le professeur souhaite installer ses parents adoptifs à Garbois dès que l'instituteur prendra sa retraite. C'est au cours d'une de leurs rencontres parisiennes qu'il lui propose une affaire exceptionnelle : une grande maison bourgeoise, en parfait état, avec quatre mille mètres carrés de jardin, parc et bassin. Le prix étant raisonnable, l'affaire est conclue. Le professeur se réserve d'en faire plus tard la surprise à ses parents. Mais l'estime que se portent les deux pères en est renforcée et, sans l'inconfort de leur situation, elle pourrait se transformer en une réelle amitié.

Bien que maître Grimaud, prétextant d'importantes affaires qui ne peuvent se traiter qu'à Paris, y vienne de plus en plus souvent, le professeur et sa fille le voient bientôt de moins en moins longtemps. Intriguée, Luciole veut savoir ce que cache le notaire.

Maître Grimaud descend toujours dans le même hôtel, place Vendôme. Luciole décide de sécher quelques cours et, mêlée aux curieux qui s'attardent devant les vitrines des joailliers, elle surveille les entrées et les sorties. Elle n'a pas longtemps à attendre. Elle voit le notaire, en habit, sortir de l'hôtel en compagnie d'une femme à l'élégance raffinée. Avec un pincement au cœur, elle reconnaît l'épouse du pharmacien.

A partir de ce jour, chaque fois que le notaire revient la voir, Luciole marque ostensiblement sa préférence pour le professeur. Le notaire ne paraît pas en prendre ombrage, mais il espace et abrège ses visites. A son père qui s'en inquiète, Luciole répond, malicieuse, que le notaire est très pris. Comprenant au regard de sa fille qu'elle ne lui dira pas ce qu'elle sait, le professeur se contente de la réponse.

Demain, Luciole va retrouver le notaire en chair et en os. Ce qu'elle dira à Rosine et qui la fera souffrir sera aussi pour lui. Elle appréhende moins sa colère, quand il saura, que la souffrance de sa mère.

20

M comme Mélie, enfin... Mélie, c'est tant de souvenirs qui se bousculent que Luciole a du mal à les ordonner dans sa mémoire.

A Sanluc, dans la ferme des Dorville, Rosine se résigne au départ de Luciole. Après des recommandations et des embrassades qui veulent la retenir, le cabriolet Citroën emporte Luciole et son père vers l'école de Mairey.

Mélie est seule pour l'accueillir, comme Luciole a été seule pour accueillir le professeur dans la ferme des Dorville. L'instituteur se tient à l'écart dans le jardin, discret comme l'oncle Jacques et grand-mère Germaine lorsque Pierre a serré Luciole dans ses bras la première fois.

Et c'est le même éblouissement, la même attirance. Les bras de Mélie s'ouvrent et se referment sur Luciole qui s'y est précipitée. Elle répète : « Mélie... Mélie... », et elle entend en écho : « Luciole, ma Luciole. » Un bonheur que les mots seraient impuissants à exprimer et qui ne peut se transmettre que par des regards, des rires ou des pleurs.

Comme autrefois avec son pitaud, Mélie veut être seule à lui donner les premiers baisers, les premières caresses. C'est un nouvel enfant que le destin lui confie. Il est à elle. Paul Alban en a d'autres, ceux qui envahiront son école à la rentrée...

– Viens, Luciole.

Mélie l'entraîne vers la chambre qu'elle lui réserve, la plus grande, la plus ensoleillée, avec deux fenêtres qui s'ouvrent sur le jardin. C'est la chambre de son père ; il a insisté pour qu'on l'y installe.

– C'est ta chambre, Luciole. J'espère que tu y viendras souvent.

Luciole comprend que ce n'est pas un remerciement que Mélie attend, mais une promesse.

– J'y reviendrai souvent, Mélie, je vous le promets.

Le regard de Mélie s'attarde sur ses yeux bleus. A quoi bon lui dire qu'ils ressemblent à ceux de son père et qu'eux aussi voient ce qui échappe au regard des autres ? Elle le sait.

Encouragée par ces yeux qu'elle connaît bien, Mélie s'enhardit :

– Je voudrais être ta troisième grand-mère...

Luciole qui, de toute son âme, espérait cette demande répond :

– Vous êtes *ma* grand-mère. Ce mot-là n'a plus de pluriel pour moi.

– Alors dis-moi « tu » : c'est rare qu'on vouvoie sa grand-mère !

Luciole, qui a tutoyé le professeur dès leur rencontre, hésite un peu puis laisse parler son cœur.

– Je t'aime, grand-mère Mélie...

De ce bonheur que Luciole lui donne, Mélie est tout étourdie.

En bas, au salon, les hommes s'impatientent.

– Descendons, dit Mélie. Il faut préparer le repas.

Paul Alban voudrait lui aussi retenir Luciole dans ses bras, mais Mélie ne lui en laisse pas le temps, elle entraîne Luciole.

– Non, non. Ma petite-fille reste avec moi. J'ai besoin d'elle à la cuisine.

Luciole a tenu sa promesse. A toutes les vacances, elle retrouve pour quelques jours sa chambre dans l'école de Mairey, et sa Mélie.

Quand grand-mère Germaine s'est éteinte dans les bras de Rosine, elle y est restée plus longtemps. Elle a tant pleuré quand l'aïeule aimée a rejoint maître Dorville dans le caveau de famille... Tout Sanluc avait rempli l'église et le cimetière. Après les condoléances, le cimetière a retrouvé lentement le silence. Maître Émile, resté près de Rosine et de Jacques, a comme eux le même visage douloureux. Il ne peut s'arracher au cercueil. Il prend Luciole dans ses bras.

– Ta grand-mère était une sainte femme.

Il essuie ses larmes, redresse son grand corps voûté. Son visage buriné est beau, mais Luciole ne voit que sa chevelure.

– Maître Émile, vous avez de beaux cheveux blancs.

– Autrefois, ils étaient noirs.

Luciole s'agenouille près du cercueil. Elle y pose ses lèvres et murmure :

– Merci, grand-mère.

La grand-mère de Garbois ne veut pas qu'on l'appelle grand-mère. Elle est Mme Grimaud, veuve de notaire. Tout le monde lui dit « vous ». Même son fils. Elle n'aime pas Luciole, qui a « trop d'arrogance d'esprit pour être une Grimaud ».

Voilà pourquoi Mélie n'est pas la troisième grand-mère de Luciole, mais la seule. Une grand-mère qui attend, sans impatience, la venue de sa petite-fille. Elle sait que les vacances la lui ramènent. Tout est en ordre pour la recevoir. La curiosité de Luciole, qui ne veut rien ignorer de l'enfance du pitaud que fut son père, elle seule peut la satisfaire. Elle a conservé amoureusement toutes les reliques qui la racontent. Luciole ne sera pas déçue.

Allongées sur le lit, elles feuillettent un livre aux pages jaunies. *Le Tour de France par deux enfants.* C'est dans ce livre que le pitaud a appris à aimer la lecture. Mélie l'a toujours à portée de main. Elle l'y retrouve quand elle souffre trop de son absence. Elle l'ouvre au chapitre consacré à Jeanne d'Arc et ferme les yeux. Elle revoit Pierre qui lit le précepte moral : « N'attaquez pas les premiers, mais si l'on vient vous attaquer, défendez-vous hardiment... », et qui interrompt sa lecture pour lui raconter ce qu'est la vie d'un écolier quand il est pitaud. Tout ce qu'il lui a appris, ce jour-là, Mélie le répète à Luciole qui découvre qu'un pitaud n'est pas un écolier comme les autres, mais qu'il est la cible de toutes les cruautés. Mais le pitaud de la Mélie ne se laisse pas faire, il se défend hardiment. Ses ripostes, comme celles de Jeanne d'Arc, ont du panache. Luciole est fière de son père.

Sur une photo que Mélie a pieusement conservée, le pitaud, en costume de communiant, se tient bien droit entre Paul Alban, son parrain, et Mélie, sa marraine. Rien, dans son regard, ne révèle la souffrance d'être le pitaud des Freiquin. Mélie est près de lui. Il lui tient la main. Il vient de la retrouver, après une longue et cruelle séparation. Il est heureux.

Mélie a rangé dans un coffret, avec quelques perles en bois, un livret à couverture noire. Chaque fois qu'elle l'ouvre, elle ne peut retenir ses larmes. Elle l'ouvre pour Luciole, et elle pleure. Tout ce qui fut la vie du pitaud est consigné sur les pages du livret – avec en plus l'empreinte des doigts de la Mélie, qui l'a tant feuilleté. Chaque page réveille une blessure jamais cicatrisée.

La page 7 est celle de la « rupture du collier ». Kerkhove, le représentant de l'Assistance publique, a coupé sans douceur le fil de laiton et les perles en bois se sont éparpillées sur le sol. Il a ordonné à la Mélie de coudre la médaille sur la couverture noire du livret. Elle y est toujours. Luciole y pose ses lèvres. Kerkhove a tonné que le pitaud serait placé ailleurs, chez des fermiers qui sauraient le mater. Les larmes de la Mélie ne l'ont pas attendri. Le pitaud est parti le lendemain dans la carriole du père. Les Freiquin l'attendaient chez Kerkhove et ils l'ont emmené avec son paquet de la onzième vêture.

La page 1 est encore plus cruelle... C'était après la communion du pitaud. Mélie l'avait accompagné jusque chez les Freiquin et avait obtenu d'eux qu'ils lui accordent quinze jours de vacances dans la ferme de Mairey. Elle avait payé cette faveur.

Kerkhove est revenu, mais ses yeux ont perdu leur dureté. Il demande le carnet. Il l'ouvre à la page 1. Il barre le mot « dépôt », écrit : « A ». Il barre « 5063 », écrit : « 231565 ». Il barre « Florelli », écrit : « Forelli », puis il dit :

– Mélie, la mère de votre pitaud est morte. Le « A » indique qu'il est abandonné. Le « 231565 », c'est son nouveau matricule. Le « 5063 », c'était quand sa mère nous l'avait confié. Les enfants sont moins nombreux en dépôt, et leurs parents, quand ils nous les confient, espèrent pouvoir les reprendre. Sa mère l'espérait...

Kerkhove ne retient plus ses larmes :

– Paul Alban m'a appris à aimer cet enfant. Il n'a pas de mauvais instincts. Il veut seulement qu'on le respecte. Je vous le confie. Soyez pour lui la mère qu'il n'a plus.

Mélie ne poursuit pas son récit. Cette page 1, chaque fois qu'elle la relit, réveille en elle la même souffrance. Elle s'est redressée. Elle prend dans le coffret un cahier que le pitaud a couvert de sa belle écriture et le tend à Luciole.

– Dans ce cahier, il y a toute la souffrance et l'espérance d'un pitaud qu'on a arraché à sa mère à l'âge de cinq ans. Il l'a écrit pour moi quand j'ai trouvé la force de lui dire qu'il ne la reverrait jamais plus.

Luciole l'ouvre, en commence la lecture.

– Non, tu le liras quand tu seras seule. Ne dis jamais à ton père que tu as lu ce cahier. Il ne veut pas que tu saches qu'il l'a appelée quand on l'a poussé dans une grande cour ensoleillée où d'autres pitauds l'ont entraîné dans leur ronde en se moquant.

Mélie a refermé la porte. Luciole a lu seule le cahier. Elle n'a pas dormi cette nuit-là.

Quand elle revient à Mairey, c'est toujours dans sa chambre que Mélie lui parle de son pitaud. Elle revient alors bien des années en arrière...

Le père et la mère sont allés à Garbois, convoqués par Kerkhove qui leur remet le pitaud et son paquet de la sixième vêture. Quand il est descendu de la carriole, elle l'a pris dans ses bras, c'est déjà son enfant.

Mais il a une maman. Quand elle viendra le chercher, il lui offrira tout ce que Mélie lui a appris à connaître et aimer : des pierres, des fleurs, des insectes, des papillons. Ce trésor qu'il n'en finit pas d'amasser, Mélie lui apprend à le classer. Chaque jour, il étiquette sa nouvelle récolte. Une part de grenier lui a été réservée pour qu'il y range soigneusement ses richesses. Plus l'attente se prolonge et plus l'herbier grossit. A la mort de sa mère, il dit à la Mélie :

– Tout ce que je voulais donner à maman est à toi maintenant.

Mélie a pris la main de Luciole et l'a entraînée jusqu'au grenier où les cailloux, les fleurs, les insectes, les papillons sont rangés.

– Ce que le pitaud voulait offrir à sa mère, moi, je le donne à sa fille. Ça ne m'appartient plus.

Mélie est redescendue seule. Luciole est restée longtemps là-haut. Le trésor amoureusement amassé lui rappelle trop son père pour ne pas la retenir jusqu'à la nuit tombée.

A Mairey, Luciole, relique après relique, reconstruit l'enfance de son père. Un travail de bénédictin qu'elle peaufine dans la solitude de sa chambre.

Mélie vient l'y rejoindre, une photo à la main. Elle a beaucoup hésité avant de la lui montrer. C'est la photo de son mariage. Quand elle la regarde, ce n'est pas du bonheur d'épouser Paul Alban qu'elle se souvient. Ce bonheur-là, elle le vit au quotidien et il n'a pris aucune ride. C'est un autre bonheur qui lui remonte en mémoire. Comme elle a promis à Luciole de ne rien lui laisser ignorer de l'enfance de son père, cette photo va lui apprendre ce que personne d'autre ne sait.

Sur la photo, Pierre se tient sagement auprès de la mariée, mais son regard est ailleurs. Et si le bonheur éclaire le visage de Mélie, celui de son pitaud est empreint de tristesse.

Mélie évoque pour Luciole cette salle où Paul Alban entraîne dans une valse sa mariée si belle, étourdie de bonheur. Ils tournent, tournent, tous les invités les applaudissent. Quand enfin Paul Alban lui donne le temps de reprendre son souffle, elle cherche du regard son pitaud. Il a disparu. Elle fournit un prétexte pour s'enfuir aussi. Elle le cherche dans la nuit, l'appelle, pleure, implore. Le pitaud sort enfin du pailler où il s'est caché. Elle le couche, le dorlote, le console, l'apaise, et le pitaud s'endort avec la promesse que lui fait la Mélie de ne jamais l'abandonner et de l'aimer toujours.

Elle ne l'a jamais abandonné, elle l'a toujours aimé. Elle ne dit pas à Luciole qu'il est parfois difficile d'interdire à l'amour de franchir certaines frontières. Luciole ne cherche pas à en savoir davantage. Elle a quitté les souvenirs de Mélie pour les siens. Elle se revoit au théâtre de l'Odéon, où l'on joue *Œdipe.* Comme elle comprend la fuite et le désespoir du pitaud !

– Si mon père se mariait, je crois que moi aussi je m'enfuirais pour pleurer.

– Même s'il épousait ta mère ? réplique vivement Mélie.

– C'est trop tard. D'ailleurs, s'aiment-ils encore ? Ils m'aiment moi, c'est le seul amour qui les rapproche.

Elle hésite. Pourquoi cacherait-elle à sa grand-mère ce que depuis longtemps elle a deviné ?

– Je crois que mon père ne se mariera jamais. Il ne s'est jamais guéri de ton mariage.

Mélie ne craint pas les curiosités de sa petite-fille, puisque ses yeux bleus voient en elle ce qu'elle a toujours caché aux autres et parfois à elle-même.

– J'ai aimé ton père comme une mère, mais je n'ai pu empêcher mon cœur d'aller au-delà. Dieu merci, ma raison m'a protégée du pire.

Luciole pourrait lui répondre que son cœur à elle aussi l'entraîne au-delà, mais elle se taira. Elles sont deux femmes qui se ressemblent, elles le savent depuis leur première rencontre.

21

M, c'est aussi *Maître Dorville Jacques...*

A Sanluc, l'oncle Jacques n'aime pas qu'on lui donne du « maître ». Les Dorville le sont, de père en fils, depuis tant de générations que le titre est inséparable du nom. Voulant sans doute oublier la mauvaise renommée du père, Sanluc accorde à son héritier le privilège du prénom. Maître Dorville est mort, vive maître Dorville Jacques...

Il a une belle allure de maître, l'oncle Jacques ! Sa culotte de cheval et ses bottes ajoutent à sa prestance la distinction d'un seigneur. Il arpente ses terres à grandes enjambées, donne ses ordres sans arrogance, partage avec ses journaliers le goût du travail bien fait et la fierté de montrer aux visiteurs une ferme qui s'adapte à son temps.

Maître Dorville Jacques est aussi le maire de Sanluc. Après lui avoir épargné le pire sous l'Occupation, il veut que son village entre dans la modernité. Dans la cour de l'école, le jeune séquoia n'a plus d'écoliers. Ce sont les vieux qui lui souhaitent longue vie. Pendant que les hommes jouent aux boules, les vieilles préparent le goûter dans l'école transformée pour eux en « foyer ».

Sur le terrain qui fut autrefois le jardin de l'instituteur, Sanluc a construit son groupe scolaire. Nombreux sont les enfants de l'après-guerre. Les classes nouvelles les accueillent, garçons et filles, de la maternelle au cours moyen. Ils ont leur cantine, leur piscine, leur salle de sports. Les grands, de la sixième à la seconde, prennent chaque matin le car qui les emmène au collège de Garbois.

Les communes voisines reprochent à leur maire respectif une prudence et des routines qui les condamnent à dépérir. Elles envient Sanluc et voudraient confier à son maire des responsabilités politiques : conseiller général... député... Les voix des électeurs et celles – récentes – des électrices lui seraient acquises. Mais les ambitions politiques du maire de Sanluc ne vont pas au-delà de sa mairie.

Il ne s'enferme pourtant pas dans son village. Il a une vision trop claire de ce que sera l'agriculture demain pour ne pas s'engager dans tout ce qui contribue à la faire évoluer. Il a accepté d'être l'un des conseillers du syndicalisme agricole.

Les sœurs n'enseignant plus dans l'école de Rosine, maître Dorville Jacques accueille de jeunes agriculteurs dans le monastère qu'elles ont déserté. De séminaire en séminaire, il apprend aux nouvelles générations les techniques de l'agriculture moderne.

Les dirigeants nationaux du syndicat l'appellent à Paris. Sa collaboration y est appréciée. Il les accompagne à Bruxelles où se met en place le Marché commun.

Luciole admire son oncle et voudrait le voir souvent. Mais la ferme, la mairie, les séminaires le retiennent à Sanluc, dont il ne s'éloigne que lorsqu'il ne peut faire autrement. Sitôt qu'il arrive à Paris, c'est la fête. Il fait mine de hisser Luciole sur ses épaules dès que la coquine, en guise d'embrassades, lui tire la moustache. Pierre et Jacques retrouvent alors leurs gestes, leurs rires et leurs regards d'enfants. Ils ne choisissent que leurs mots, à cause de Luciole : certains seraient trop hardis.

Ils l'invitent à déjeuner dans un bon restaurant des Champs-Élysées. Elle se laisse taquiner sur ses lenteurs à se choisir un amoureux. Elle comprend leur hâte à se retrouver loin de son regard de femme. Le repas terminé, ils lui donnent rendez-vous pour le lendemain midi. Ils ne lui proposent pas de la retrouver le soir et, Dieu merci, elle n'a pas l'air de le remarquer.

Le lendemain, leur visage fatigué et leur bouche pâteuse la renseignent. Sacré papa ! Sacré tonton ! Chaque fois qu'ils se retrouvent à Paris, ils en profitent pour mener une vie de patachon !

Luciole se revoit à Sanluc à la saison des moissons. Elle entend, au loin, les bolides des 24 heures du Mans, que leurs pilotes forcent durement après le virage de Mulsanne. Oncle Jacques et ses journaliers achèvent une dure journée, une dure semaine. Le blé, l'avoine, l'orge, tout est en gerbes en attente des battages, tout est engrangé. L'orage peut éclater.

Grand-mère Germaine a préparé pour tous la « miottée », de la mie de pain trempée dans du cidre bouché, pétillant et frais. Quand les gosiers seront désaltérés, chacun prendra un repos bien gagné.

Oncle Jacques a vidé son bol de miottée comme ses journaliers. Il ne prête qu'une oreille distraite aux reprises tonitruantes des moteurs. Le spectacle a cessé de le passionner. En 1949, pourtant, quand après une interruption de dix ans on avait relancé les bolides sur le circuit du Mans, l'oncle Jacques était fier que la ville fût, pendant vingt-quatre heures, une capitale mondiale et qu'elle eût l'honneur des journaux, des radios et des télévisions.

Il se souvient qu'Émile les emmenait à Mulsanne, Rosine et lui, lorsqu'ils étaient enfants, maître Dorville n'ayant pas de temps à perdre, surtout en juin. A l'âge d'homme, il y est allé seul, et sa mémoire garde mêlés des souvenirs de Bugatti, d'Alpha Roméo et de nuits d'amour dans les sapinières.

L'oncle Jacques est fatigué. Lundi recommencera une dure semaine. Il embrasse grand-mère Germaine et taquine Luciole qui s'affaire à la vaisselle.

– Tonton Jacques, tu m'as promis il y a longtemps de m'emmener à Mulsanne...

– Tu es trop grande, maintenant. Ce n'est plus moi, mais un amoureux qui doit t'y emmener.

– J'y reviendrai peut-être un jour avec un amoureux, mais cette nuit, c'est avec mon tonton que je veux y aller.

Comme au temps de la carriole, oncle Jacques ne sait rien refuser à sa petite fée.

Les voilà au virage de Mulsanne. Luciole frissonne au passage des voitures. Elle craint que l'une d'elles ne rate ce virage à angle droit et écrase son pilote contre la barrière. Elle se blottit contre lui et songe aux cahots de la carriole, sur le chemin aux profondes ornières. Il la tient fermement. Peut-être y songe-t-il aussi...

Depuis son refuge, Luciole entend moins les bruits des moteurs que les flonflons de la fête. De plus en plus nombreux, les couples désertent les virages. Ils s'attablent sous les tentes, devant des bières. Ils s'enfoncent dans la nuit des sapinières. Ils s'enlacent sur les pistes de danse, pour une valse ou un tango.

– Jacques, fais-moi danser !

Elle a dit « Jacques », comme si tonton était son amoureux. Il lui cède, comme toujours. Dans les bras de ce séduisant géant à moustaches, Luciole se sent toute petite. Le rythme langoureux du tango les soude étroitement. Elle s'alanguit, s'abandonne à cette chaleur d'homme qui l'incendie. Elle le regarde. Il ferme les yeux. Il voudrait lui cacher son trouble. Luciole n'ignore pas son pouvoir de femme. Œdipe lui revient en mémoire. Elle entend son père : « La tentation de l'inceste est insidieuse. Il faut garder toute sa lucidité pour y résister. La monstruosité, c'est d'y succomber. »

Le tango s'achève et les danseurs en redemandent.

– Si tu étais mon amoureux, je danserais avec toi toute la nuit et tu m'emmènerais dans les bruyères... Rentrons avant de faire des folies. Reconduis-moi à Garbois. Tu reviendras seul à Sanluc.

Oncle Jacques a seulement dit « merci ». Il a écrasé sa moustache sur son nez et Luciole s'est interdit le petit mouvement de tête qui l'aurait fait déraper.

Agrégée, Luciole revient un été à Sanluc. Maîtresse Germaine, pas du tout impressionnée, l'accueille avec l'impatience d'une grand-mère qu'un beau mariage réjouirait plus qu'un diplôme. Luciole lui promet que ce sera pour bientôt. A l'oncle Jacques qui la taquine, elle demande :

– La carriole existe encore ?

– Oui, je l'ai gardée en souvenir.

– Le poulain est-il devenu un beau cheval ?

– Il finit ses jours dans sa prairie.

Flairant un piège, l'oncle Jacques craint de s'y laisser prendre comme au bal de Mulsanne.

– Oncle Jacques, attelle le poulain à la carriole, s'il te plaît. Je veux voir mon chêne dans la forêt de Bercé.

Luciole a pris les rênes. Ils ont traversé Sanluc au pas lent du vieux cheval. Les commères qui les voient passer ont les mêmes curiosités qu'autrefois. Chemin faisant, le cheval a repris du poil de la bête, et c'est au petit trot qu'il finit la course jusqu'au chêne.

Luciole dit à l'oncle Jacques :

– Je voudrais que tu graves un cœur dans son écorce. Profond, pour qu'il reste longtemps.

L'oncle a pris son couteau et a taillé un cœur jusqu'à l'aubier du vieux chêne.

– Je voudrais aussi que tu y graves mon nom.

Dans le cœur, l'oncle Jacques a sculpté : « LUCIOLE ».

– Dis-moi le nom de ton amoureux. Je vais le graver à côté.

– Je n'ai pas d'amoureux. Le nom à côté, ce sera le tien.

Et, posant ses lèvres sur ses moustaches :

– Nous ne sommes plus au bal et je n'ai aucune folie en tête. Ce chêne, c'est toi qui me l'as fait connaître et aimer. Nos deux noms, c'est pour le remercier.

Les moustaches de l'oncle, ne craignant plus l'embuscade, peuvent sans retenue chatouiller le visage de sa petite fée. Qui d'autre pourrait avoir l'idée de remercier un vieux chêne ?

– Non, Luciole. C'est l'homme de ta vie qui gravera son nom auprès du tien. Avec mon couteau. Je te le donne.

Luciole a pris le couteau. Elle l'a toujours avec elle.

Grand-mère Germaine n'étant plus, aucune femme ne veille sur son fils. Rosine s'en inquiète et Luciole aussi. Jacques s'est installé dans sa solitude avec une sérénité qui ne les trompe pas. Il accepte enfin qu'une journalière s'occupe de ses repas et de son ménage.

Il a toujours l'allure d'un seigneur. Mais, depuis longtemps, Luciole a deviné que son cœur saigne d'une blessure secrète. Elle sait pourquoi son père, à quarante-cinq ans, n'est pas marié. Mais l'oncle Jacques, pourquoi ne l'est-il pas ? Faire la vie de temps à temps à Paris avec son vieil ami ne donne pas un successeur à sa ferme.

La journalière ayant trouvé un emploi à la ville, l'oncle Jacques est de nouveau seul. Rosine et Luciole viennent à Sanluc le dimanche, elles rangent les armoires, mijotent un bon repas.

Le jour de Pâques, après la messe, une jeune femme se présente :

– Mon frère m'a dit que maître Dorville Jacques a besoin d'une domestique. Je peux commencer à travailler dès demain, si je suis embauchée.

– Vous l'êtes, dit aussitôt Rosine. Je prépare votre chambre. Venez demain, mon frère sera là pour vous accueillir.

Luciole ne peut détacher ses yeux de la jeune femme. Une saine et plantureuse beauté de paysanne. Des yeux bleus, comme les siens. Des cheveux blonds, comme ceux de grand-mère Germaine. Elle la sent mal à l'aise dans sa robe du dimanche.

– Comment vous appelez-vous ? demande-t-elle

– Claudette.

– Eh bien ! Claudette, je souhaite que vous restiez longtemps ici. Prenez soin de mon oncle. Il est seul.

– Je ferai tout ce que je pourrai. S'il veut bien me garder...

22

Avec *M*, Luciole n'en a pas terminé. *M*, c'est encore *Maître d'école...*

Paul Alban est « maître d'école » depuis tant d'années qu'il oublie parfois son nom pour ne répondre qu'à ce titre-là. Ses élèves, petits et grands, ne connaissent que le « maît' d'écol' ». Leurs parents aussi. Il est le seul auquel ils délèguent leur autorité. Quand, après une bêtise, la maman menace : « J'vas l'dire au maît' d'écol' », l'écolier est dans ses petits souliers. Pour tous, le maître d'école incarne la morale, autant que le curé, et les hommes ne s'adressent à lui que casquette à la main.

Dès que Luciole arrive à Mairey, il se précipite pour la prendre dans ses bras. Mélie laisse faire. Paul Alban est si heureux d'être grand-père. En rougissant, il lui dit :

– Excuse-moi, Mélie, de la garder si longtemps. Mais quand elle est avec toi, tu ne sais plus me la rendre.

Mélie sourit. Elle n'aura jamais assez de temps dans sa vie pour remercier son maître d'école d'avoir donné tant de bonheur à la pitaude qu'elle est. Quant à lui, il s'étonne encore d'avoir osé lui dire un jour qu'il l'aimait. Le temps qui a passé n'a jamais vaincu leur timidité d'amoureux. Mélie hésite encore à se laisser embrasser comme au temps de leur premier baiser. Mais Luciole devine, à leurs regards et leurs sourires, que, dans l'intimité, c'est un bonheur renouvelé que chaque jour ils vivent.

Luciole aime son grand-père Paul, si différent de celui aux yeux gris qui ne l'aimait pas. Lui a les yeux noirs de grand-mère Germaine et les cheveux blancs de maître Émile. Bien que l'âge l'ait voûté et que des rides profondes burinent son visage, il a la même prestance que l'oncle Jacques et la même tendresse dans le regard.

Paul Alban voudrait n'être que grand-père, mais Luciole veut qu'il soit aussi, et pour elle seule, le maître d'école.

– Qu'est-ce qu'un modeste instituteur de campagne peut bien apprendre à une normalienne bientôt agrégée ?

– Papa m'a tout appris. Sauf la terre où je suis née. Je suis sarthoise. Aide-moi à l'être pleinement.

Auprès de Paul Alban, Luciole s'efforce d'être une aussi bonne élève que l'a été son père. Elle découvre que ce dernier, qui craignait tant qu'elle lui ressemblât, est en fait à Paris un Paul Alban pour étudiants.

Grand-père applique la même devise. Comme à Normale, Luciole doit être « le chien maigre qui pourchasse son gibier ». Elle s'impose la même rigueur. Le maître d'école est aussi exigeant que le professeur et Luciole est heureuse qu'il le soit. Lorsque grand-père lui dit :

– Ma Luciole, tu me donnes les mêmes joies que le pitaud autrefois, tu connais mieux que moi la terre où tu es née, sa langue, son histoire, sa géographie...

Elle répond :

– Grand-père, je ne serai fière de moi que le jour où tu ne pourras plus me coller au jeu du « le sais-tu ? ».

Et Paul Alban de répliquer :

– Tu n'as pas à être en derda. Tu n'as pas à te contreminer. Tu sais tout.

Heureuse de comprendre le parler sarthois, Luciole traduit :

– Je n'ai peut-être pas à m'inquiéter ni à me tourmenter, mais je ne sais pas tout. Tu as encore beaucoup à m'apprendre.

Mélie s'impatiente dans le jardin. Elle aussi veut Luciole. Paul Alban, qui ne sait rien refuser à sa Mélie, obéit.

Luciole et elle vont choisir les plus belles fleurs. Mélie regarde le ciel qu'un nuage noir assombrit.

– Moi aussi je peux t'apprendre à parler sarthois.

Et, avec un sourire malicieux :

– Le temps s'embernaudit, il va cheu une renapée... Tu as compris ?

– Oui. Le temps s'assombrit. Il va tomber une averse.

Rieuse, Mélie insiste :

– Ce que je vais te dire maintenant, je parie que tu ne le comprendras pas.

– Pari tenu. Si tu me colles, je fais la vaisselle toute seule !

Et Mélie de raconter :

– A l'automne, le père et moi allions dans les champs charger une tomberotée de naviaux. Les roues faisaient gicler la boue des ornières. Alors, le père disait : « Mélie, tapis ta bin amont la hae de

crainte que la boe ne te cotisse amont les pattes. »
Tu as compris ?

– Quand les roues du tombereau de navets faisaient jaillir la boue des ornières, le père te disait : « Mélie, mets-toi tout contre la haie pour éviter que la boue n'éclabousse tes jambes ! »

Les bras chargés de roses, elles entrent au salon où grand-père les attend.

– Tu es vraiment un bon maître, la coquine sait tout ! Il est grand temps qu'on lui fasse sa fouillée de mariage. Elle devient tellement savante qu'aucun homme n'osera l'épouser.

– Tu n'as pas assez de fleurs dans le jardin, grand-mère, pour faire ma fouillée. Le jour de mon mariage, je veux que toute la route en soit couverte.

– Tu entends, jardinier ? dit Mélie au grand-père.

Et Luciole, un baiser pour l'un, un baiser pour l'autre, promet que ce sera pour bientôt.

– En attendant, grand-mère, fais-nous une routie. Ton pain grillé dans ton cidre chaud est aussi bon que la miottée de grand-mère Germaine. C'est moi qui ferai la vaisselle !

Luciole est revenue à Mairey, un après-midi de juin ensoleillé. Elle entraîne le maître d'école au jardin :

– Viens, grand-père. On va jouer au jeu du « le sais-tu ? ».

Paul Alban la suit malgré la canicule.

– Sais-tu que la Sarthe a donné un roi à la France ?

– Oui. Jean II le Bon, né en 1319 au château du Gué de Maulni, près du Mans. Fils aîné de

Philippe VI de Valois et de Jeanne de Bourgogne, il a régné de 1350 à 1364.

– Sais-tu que la Sarthe a donné aussi un roi à l'Angleterre ?

– Oui. Henri II, fils de Geoffroi V Plantagenêt, comte d'Anjou, de Tours et du Maine, duc de Normandie. Né au Mans en 1133 et couronné roi d'Angleterre en 1154.

– Sais-tu qui est l'inventeur de l'automobile ?

– Amédée Bollée, né au Mans en 1844. En 1873, il a fait le trajet Le Mans-Paris dans son automobile. Une première mondiale. A son passage, il a attiré tant de curieux que son voyage historique lui a valu, dit-on, soixante-quinze contraventions ! Après lui, Léon et Amédée, ses fils, tous deux nés au Mans, ont continué son œuvre. On leur doit l'invention du moteur à essence, qui a permis à Citroën, Renault, Peugeot et Ford d'être les grands constructeurs que nous savons.

– Sais-tu que la Sarthe s'est illustrée aussi dans l'aviation ?

– Oui. En 1908, l'Américain Wilbur Wright est le premier à avoir fait décoller du sol une machine volante. L'exploit a eu lieu aux Hunaudières, là où foncent aujourd'hui les bolides des 24 heures. La Sarthe reconnaissante a immortalisé l'événement en élevant une statue à la mémoire du pionnier, place des Jacobins au Mans.

– Sais-tu qu'un Sarthois a eu son heure de gloire en 1794 ?

– Oui. Claude Chappe. Né à Brûlon en 1763, il a créé la télégraphie aérienne. La première ligne télégraphique entre Paris et Lille a été terminée en 1794 et son premier essai a permis d'annoncer à la

Convention que Condé-sur-l'Escaut avait été repris aux Autrichiens.

– Sais-tu qu'un écrivain sarthois a eu le prix Goncourt ?

– Oui. Roger Vercel, né au Mans en 1894. Son *Capitaine Conan* a obtenu le prix en 1934.

– Sais-tu qu'un grand philosophe français a fait ses études dans un collège sarthois ?

– Oui. René Descartes, né en 1596, élève des jésuites au collège de La Flèche, devenu l'actuel Prytanée sous Napoléon Ier.

Luciole voudrait ajouter que c'est grâce à Descartes et à sa *Méthode* qu'elle est dans ce jardin, mais Paul Alban ne lui en laisse pas le temps.

– Sais-tu quel écrivain du siècle de Louis XIV n'a jamais oublié l'eau glacée de l'Huisne ?

– Scarron. Né à Paris en 1610 et mort en 1660. Les Sarthois se souviennent de lui car il a été secrétaire de l'évêque du Mans. On raconte qu'en 1636, pour fêter le Mardi-Gras, il s'est fait enduire le corps de miel, est entré dans un tonneau bourré de duvet d'oie et en est ressorti tout emplumé. Accompagné de gais lurons, il s'est fait conduire à la Lune-de-Pontlieue. La foule à qui il s'est montré, voulant connaître le farceur, a voulu le déplumer. Pour lui échapper, Scarron et ses compères ont plongé dans l'Huisne et se sont cachés dans les roseaux d'une petite île qui porte, depuis, son nom. Il y a attrapé un refroidissement qui l'a rendu perclus de tous ses membres et a fait de lui, selon son expression, « un raccourci de la misère humaine ». Sur sa tombe, on peut lire l'épitaphe qu'il a lui-même rédigée :

« Celui qui cy maintenant dort
Fit plus de pitié que d'envie

Et souffrit mille fois la mort
Avant que de perdre la vie.
Passant ne fais point cy de bruit
Prends garde qu'aucun ne l'éveille
Car voici la première nuit
Que le pauvre Scarron sommeille. »

– Peux-tu citer quelques œuvres de Scarron ?

– Frappé de paralysie, Scarron a consacré le reste de sa vie à écrire pour rire de lui et des autres. Il fut le protégé de trois femmes illustres : Mme de Sévigné, Mlle de Hautefort et Mme de Maintenon, soit l'esprit, le cœur et la raison, comme l'a écrit l'un de ses biographes. Il a mis à l'honneur la poésie burlesque, et est l'auteur de pièces de théâtre et d'un roman à succès, *Le Roman comique*.

– Est-ce seulement par ses facéties que Scarron appartient à l'histoire ?

– Par son mariage aussi. Il a épousé en 1652 une orpheline de seize ans qu'il a ainsi sauvée du couvent. Cette demoiselle d'Aubigné, qui en 1660 est devenue Mme veuve Scarron, est la marquise de Maintenon, que Louis XIV a épousée secrètement en 1683.

– Rentrons, dit grand-père, qui supporte mal la chaleur. Viens boire un verre de jasnières bien glacé. Tu l'as gagné.

– Jasnières, le plus célèbre vin sarthois, enchaîne Luciole qui continue à jouer. Un vin des coteaux du Loir. Cent vingt-huit hectares de vignes. Les Grimaud en possèdent cinq hectares autour de leur manoir.

Mais le maître d'école, las pour aujourd'hui du « le sais-tu ? », entraîne Luciole vers les rosiers :

– Rapportons une rose à Mélie.

Luciole a encore une question à poser. Elle hésite :

– Grand-père, maman était-elle une bonne élève ?

– Oui.

– Même en mathématiques ?

Paul Alban rougit et se tait. Deux coccinelles s'accrochent en vol aux cheveux de Luciole et y restent prisonnières.

– Enlève-les, grand-père, s'il te plaît.

Paul Alban libère les coccinelles. Il caresse les cheveux de Luciole et dit :

– Dans les cheveux de ta mère, à Sanluc, j'ai aussi enlevé des coccinelles. Le sais-tu ?

– Oui, elle me l'a dit.

– Elle espérait un baiser que je ne lui ai pas donné...

– Elle me l'a dit aussi.

– Y a-t-il sur le visage d'une petite-fille une zone interdite à son grand-père ?

– Aucune qui te soit interdite.

– Eh bien ! ce baiser que je n'ai pas donné à Rosine, c'est sa fille qui le recevra.

Et, avec toute la tendresse d'un aïeul, il pose doucement ses lèvres sur celles de Luciole.

23

R comme *Rosine*...

Demain à l'aube, Rosine entrera dans sa chambre, et ce qu'elle y apprendra la fera souffrir. Cette nuit, Luciole ne l'accueille qu'avec leurs souvenirs. Rosine en éveille tant qu'une seule nuit ne suffira pas à Luciole pour les revivre.

Souvenirs des retrouvailles, toujours trop brèves, à Mairey, à Garbois, à Paris, et que jamais l'oubli n'effacera... Entre tous ces souvenirs, comment choisir ?

Sa mémoire la ramène d'abord à Mairey. Longtemps, Rosine a refusé d'y venir. Elle craignait d'y être mal accueillie. Mélie et Paul Alban pouvaient-ils lui pardonner d'avoir refusé leur pitaud pour épouser le notaire ?

Luciole ayant réussi à la persuader, elle l'a finalement accompagnée. C'est Paul Alban qui, le premier, l'a embrassée. Rien, ni dans son regard, ni dans sa voix, n'indique qu'il se souvient de leurs émois. Pourtant, à un léger frémissement de ses lèvres...

– Rosine, cette maison est la vôtre. Venez-y souvent.

– Si Mélie m'y autorise...

Elle craint que l'accueil de Mélie ne soit pas aussi chaleureux ; les femmes n'oublient jamais les blessures du cœur. Elle la croise parfois à Garbois et, si elle la toise, c'est par gêne, non par mépris. Elle n'en dirait pas autant de Mélie.

Depuis que Mélie est grand-mère et que Luciole lui a dit : « Grand-mère, je t'aime », elle a chassé de son cœur toutes les rancœurs accumulées. Elle aussi embrasse Rosine, elle la retient longuement, tendrement, dans ses bras, et elle dit aussi :

– Cette maison est la vôtre. Venez-y.

Elle ajoute en regardant sa petite-fille :

– Conduis-nous dans ta chambre, Luciole, puisque ce sera aussi celle de ta mère.

Rosine est revenue souvent à Mairey. En parlant de Luciole, Mélie et elle oublient qu'elle est ailleurs. Mélie ne veut pas aller à Paris. Elle dit qu'elle y serait mal à l'aise et que Paul Alban a besoin d'elle. Peut-être a-t-elle d'autres raisons qu'elle garde secrètes. Rosine, elle, ne reste jamais longtemps sans voir sa fille. Quand elle revient de Paris, c'est d'abord à Mairey qu'elle s'arrête avant d'aller chez elle. Mélie ne la laisse repartir que lorsqu'elle lui a tout dit, mais son départ est pour elle une souffrance.

– Reviens vite, Rosine. Tu sais si bien me dire tout ce que j'aime entendre.

Dans le grand salon de Garbois, sous le regard sévère des trois Grimaud, Rosine est souvent seule. Le travail et le mariage ont éloigné son fils Henri. Juliette est définitivement jurassienne, son mari et ses enfants la retiennent.

Reste Luciole, qui vient quand ses études le lui permettent, Luciole à qui elle ne cache rien. Mais que peut-elle lui apprendre qu'elle ignore encore ? Que le notaire est amoureux de sa femme, mais qu'il s'absente de plus en plus souvent ? Une pudeur la retient. Peut-elle confier à Luciole que, pendant leurs trop rares nuits, son mari lui fait subir ce qu'elle n'a connu avec aucun de ses amants et qu'elle trouve l'extase dans ces débordements ?

Elle s'accommode des absences du notaire comme de ses fringales d'amour. Peut-être lui dira-t-il un jour dans les bras de quelle femme il a appris ces gestes inouïs. Peut-être aussi, quand une autre le gardera pour elle, lui donnera-t-il cette liberté qu'il lui a refusée quand il a appris que Luciole n'était pas sa fille... Et peut-être alors le professeur redeviendra-t-il le pitaud de sa jeunesse...

Rosine ne renonce pas au plaisir d'affoler les hommes. Elle ne s'interdit ni les œillades, ni les frôlements qui éveillent leurs désirs. Mais ce n'est plus pour chasser l'amant. Elle se garde aujourd'hui pour le seul homme qu'elle aime. Et cet homme-là n'est pas le notaire.

Rosine et sa fille sont sous les feuillages de la tonnelle, près de la piscine désertée. Chaque fois qu'elles y reviennent, Luciole se souvient qu'à cet endroit, sa mère lui a avoué que le pitaud était son père. C'est là aussi qu'elle cherchait la solitude pour aimer, pleurer et rêver avec Emma Bovary.

Luciole s'étonne que Rosine n'ait pas le livre à portée de main. Lui cacherait-elle un secret ?

– Tu n'aimes plus Emma ? Je ne te retrouve plus jamais en sa compagnie.

Le regard brillant, Rosine répond qu'elle a cru longtemps que la détresse d'Emma était la sienne, mais qu'elle ne se reconnaît plus en elle. Emma est morte désespérée. Elle, l'espérance la fait vivre.

Rosine fait le ménage dans le studio de sa fille. C'est sa manie. Elle n'a jamais supporté à Garbois le fouillis des armoires ni le désordre des poudriers, des pots et des flacons sur les coiffeuses. A Paris, dans l'amoncellement de livres, de cahiers et de revues qui jonchent la moquette, le bureau et le lit, elle cherche le journal de sa fille.

Luciole l'a mis à l'abri de sa curiosité. Elle le cache, comme le couteau de l'oncle Jacques, dans le sac qui ne la quitte jamais.

– Plus tard, maman, je te le donnerai. C'est pour toi que je l'écris. Mais pour le moment, vivons intensément le présent.

Ce qu'elles font à chacune de leurs retrouvailles parisiennes. Elles musardent sur les grands boulevards, à la recherche d'une robe, d'un manteau et de ces mille frivolités qui flattent la coquetterie des femmes. Elles pleurent et rient dans les cinémas, se grisent dans les restaurants d'une coupe de champagne, parlent et s'embrassent, étourdies de leur bonheur.

Elles vont à la Sorbonne se mêler, dans l'amphithéâtre, aux étudiants du professeur. Rosine ferme les yeux pour mieux capter sa voix, une voix qui n'a pas changé. La voix du pitaud qui lui a donné Luciole.

Elle voit peu le professeur. Il dit que, lorsqu'elle vient à Paris, il doit lui laisser sa fille. Parfois, il les rejoint dans le studio.

– Ce soir, je vous invite...

Il ne se dérobe pas au baiser de Rosine, ne la repousse pas quand elle l'attire pour dire « merci », mais baisse les yeux pour lui cacher qu'il est resté son pitaud.

Le restaurant où il les conduit n'est jamais celui où Luciole s'amuse avec lui au jeu du laisser-croire. Leurs rires, leurs baisers et leurs mots sont bonheur. Il est évident pour tous qu'un événement heureux rassemble, devant le homard et le champagne, un père, une mère et leur fille. Une famille comme il y en a tant, mais qui, plus que d'autres, se laisse aller à la joie d'être réunie.

La fête terminée, le père et la mère se séparent. Luciole accompagne sa mère jusqu'à son hôtel. Rosine ne la laisse pas repartir sans lui avoir ouvert son cœur.

– Ton père m'aime encore, j'en suis sûre. Mais il ne le dira jamais à Mme Grimaud. Peut-être le dira-t-il un jour à Rosine...

Le lendemain, Rosine repart vers la Mélie. A la gare, les larmes coulent, on agite son mouchoir.

Luciole vient d'obtenir son agrégation. Rosine qui l'attend dans le studio cherche comme toujours le journal introuvable. On frappe à la porte. C'est le professeur.

– Nous verrons Luciole ce soir. Elle vient de m'avertir que les formalités d'entrée à l'E.N.A. la retiendront toute la journée. Veux-tu que nous déjeunions ensemble ?

Au restaurant où, d'habitude, Luciole l'accompagne, il a pour Rosine les mêmes prévenances. Ils rient, s'embrassent, et les œillades de la mère brillent du même éclat que celles de la fille. Mais le couple n'éveille pas les mêmes curiosités. La nouvelle conquête de ce quadragénaire séduisant ressemble trop à sa jeune compagne pour que le doute soit permis.

– On ne te voit pas souvent ici avec ton épouse, lui dit un collègue venu le saluer.

Puis, avec un sourire malicieux :

– Mes compliments, madame. Votre fille est très belle. Elle vous ressemble.

Quand il reviendra dans ce restaurant avec Luciole, le professeur ne jouera plus au jeu du laisser-croire. C'est avec fierté qu'il présentera sa fille.

Bras dessus, bras dessous, Rosine et son pitaud flânent boulevard Saint-Michel. Des étudiants reconnaissent le professeur, le saluent, se retournent. Rosine s'appuie plus fort à son bras. Elle veut que tous comprennent que cet homme-là est à elle... Le soir tombant, ils entrent dans une brasserie. Luciole doit les y rejoindre. Ils se regardent, sans un mot, sans un geste. Comme autrefois. Le professeur se décide enfin.

– Bientôt, notre fille nous échappera. Nous l'attendrons ensemble.

Le baiser qu'ils échangent bouleverse Rosine. Elle espère que son pitaud la raccompagnera ce soir jusqu'à sa chambre, y restera, l'aimera.

Mais, ce soir encore, c'est Luciole qui reconduit sa mère à l'hôtel. Le professeur a hésité. Il n'a pas osé dire à sa Rosine qu'elle était toujours Mme Grimaud. Seule dans son lit, elle ne souffre pas. Elle l'a tant attendu qu'elle peut l'attendre encore. Elle sait qu'un jour il viendra.

Si elle a confié son espoir à sa fille, elle le taira à la Mélie. On ne partage pas l'espoir quand il est fragile.

Lorsque son train s'ébranle, elle crie ce que Luciole désespérait d'entendre :

– Dis à ton père que je l'aime !

24

A comme *Amours*... *A* comme *Agatos*.

Luciole voudrait ne se souvenir que de son grand amour. Mais pourquoi chasser de sa mémoire ces amours éphémères qui n'ont rassasié ni son corps, ni son âme, mais dont aucun n'a blessé son cœur ?

Bien avant que le « joli cul » soit en khâgne, les hommes déjà se retournaient sur lui. L'adolescente qu'elle était reçut d'abord ces hommages comme une offense. Mais le jour vint où elle y prit goût et les rechercha.

Ses bergers furent les premiers à se laisser prendre au piège. Elle s'amusait de leur gaucherie et, quand elle décida de sauter le pas avec le plus déluré, elle attendait du plaisir de l'événement. Elle fut déçue, mais pas meurtrie. Un premier amour éveille l'appétit.

Les jeunes gens de bonne famille qu'elle fréquentait se montraient moins gauches que les bergers. Ils lorgnaient les rondeurs de son corsage. Pour satisfaire leur gourmandise, Luciole relevait complaisamment sa jupe, croisait les jambes et découvrait ses seins quand, pour ramasser un mouchoir négligemment jeté, elle inclinait son corps affolant de souplesse.

Feignant d'ignorer les feux qu'elle allumait, elle reprenait la pose sage et le sourire ingénu d'une vraie jeune fille, avant que ses soupirants ne passent à d'autres audaces. Un regard de ses yeux bleus très purs suffisait pour tempérer leurs ardeurs. Ils battaient alors en retraite et reportaient sur Juliette leurs feux mal éteints.

Luciole n'avait que mépris pour ces amoureux sans courage. Elle espérait qu'un jour un homme saurait affronter son regard et lui imposer le sien.

A Mairey, Mélie s'étonne que Luciole n'aille jamais au bal.

– Je t'y accompagnerai. Tu ne vas pas passer ta jeunesse dans les bouquins ! Il faut danser avec les garçons. Sinon, tu vas rester vieille fille.

– Tu y allais, au bal, grand-mère ?

– Non, mais c'était la guerre.

Mélie ajoute, après un temps d'hésitation :

– Et puis, je suis une pitaude. De mon temps, une pitaude restait à la maison.

– Mais pourquoi ? Une pitaude est une jeune fille comme les autres. Et toi, tu étais la plus belle.

– Une pitaude, Luciole, est une jeune fille que les garçons ne respectent pas. Et la beauté n'arrange rien. Au contraire.

La fête de Mairey a lieu le jour de la Saint-Alban, le premier jour de l'été. Le maître d'école est à l'honneur ce jour-là et s'amuse que l'instituteur laïc qu'il est doive cet honneur à un saint. En tant que membre du comité des fêtes, il donne le départ de la course cycliste, se tient auprès du maire à la remise des trophées, applaudit le grimpeur qui décroche le gros lot au mât de cocagne, et rit des chutes répétées des gamins qui sautent entravés dans leur sac.

Les gamins, il les a chapitrés à l'avance : ils sont capables de tout avec leurs pétards !

La nuit venue, il revient dans son école. Le bal n'est pas son affaire. Il n'a dansé qu'une fois dans sa vie. Le jour de son mariage. Avec sa Mélie.

Mélie a entraîné Luciole sous la tente. Pour mieux glisser, les lames du parquet de danse ont été frottées à la bougie. Mélie et Luciole sont assises sur un banc, genoux serrés, jupe baissée. D'autres mères et d'autres filles aussi attendent sagement sur le banc. Elles sont venues nombreuses. Les danseurs se bousculent à l'entrée. L'encre d'un tampon à leur poignet prouvera qu'ils ont payé le droit de faire danser. Enfin, un bras à la manche retroussée tourne la manivelle et l'orgue avale l'un après l'autre les cartons perforés. Les réjouissances peuvent commencer et les filles obtenir de leur mère la permission de suivre les gars qui les invitent et se laisser étourdir de valses, alanguir de tangos, encanailler de javas.

Aucun cavalier ne s'approche de Luciole. Ses mains trop blanches, son visage trop lisse, son regard trop vif intimident. Elle voudrait pourtant s'étourdir, s'alanguir et s'encanailler comme les autres. Elle n'est pas venue pour faire tapisserie.

Enfin, un beau jeune homme ose l'inviter. La Mélie donne son accord du regard. Le cavalier entraîne Luciole et lui parle en dansant de ses études qui s'achèvent et du diplôme d'ingénieur qu'il obtiendra l'an prochain... Mais Luciole s'en moque, de ses études ! Elle-même a oublié les siennes. Ses yeux lui ordonnent de se taire et d'être à l'écoute de son corps comme elle est à l'écoute du sien. Les valses, les tangos, les javas leur donnent le temps de connaître leurs impatiences.

Jean, le futur ingénieur, s'approche de Mélie. Il dit :

– Me permettez-vous de raccompagner Luciole ?

Mélie dit oui. Elle les regarde s'éloigner, enlacés.

Ils vont vers la ferme où le pitaud de Mélie a tant pleuré la nuit de son mariage. C'est l'endroit que Luciole a choisi, non pour y pleurer, mais pour y être heureuse.

En chemin, Jean parle de nouveau de ses études et de ses ambitions. Luciole pose un doigt sur sa bouche, puis ses lèvres.

– Te tairas-tu enfin, vilain bavard ?

De baiser en baiser, ils arrivent au pailler. Le ciel de cette première nuit d'été brille d'étoiles.

– Choisis la tienne, Jean. Moi, j'ai choisi la mienne.

Elle s'allonge, le regard au ciel, sur le lit de paille et parle à son étoile ; mais, lui, c'est dans ses yeux, sa bouche, son corps qu'il cherche la sienne. Il entre en elle sans brusquerie, il murmure « je t'aime », une chaleur envahit Luciole, l'embrase, l'amollit, l'arrache à sa pesanteur...

Luciole est revenue dans la chambre où Mélie l'attend. Elle regarde tendrement le beau visage de sa grand-mère, n'y voit pas trace d'inquiétude, se sait comprise et pardonnée.

– Grand-mère, je suis la fille d'un pitaud, le garçon ne m'a pas respectée.

D'un baiser, elle empêche Mélie de parler :

– Il n'y a rien à lui reprocher. J'étais consentante.

Luciole n'ira plus au bal de la Saint-Alban. Son cavalier y dansera avec d'autres cavalières et les conduira peut-être au même pailler...

La paille et l'étoile, ce n'est pas un décor pour des amours parisiennes, mais Luciole, fille de la terre, s'accommode mal de la banalité d'un lit et d'une chambre fermée. Elle voudrait pourtant y être aimée, comme au pailler, mais aucun regard d'homme ne devine son attente. Elle cherche vainement dans ceux qu'elle retient autre chose qu'une animalité. Quand ce regard aura l'humilité d'un serviteur et non l'arrogance d'un maître, alors peut-être...

Ce regard-là ne s'est pas encore posé sur elle. Rosine et Mélie s'en inquiètent. Pas le professeur, qui accorde plus d'importance aux fringales de l'esprit qu'à celles du corps. Chaque chose en son temps. Ses études achevées et ses diplômes en poche, Luciole choisira l'homme de sa vie.

A dire la vérité, Pierre n'est pas mécontent que cet homme-là, Luciole ne l'ait pas encore choisi.

« Elle épousera un normalien », pense la mère.

La fille le pense aussi. Les grandes intelligences se marient entre elles, parfois sans le consentement des corps.

Dans ce haut lieu de l'esprit, ce n'est pourtant pas l'intelligence de Luciole qui séduit les normaliens ; c'est, comme en khâgne, son « joli cul ». L'un d'eux lui dédie même un quatrain, avec les excuses du poète et les hommages du soupirant :

Le joli cul de Luciole,
C'est le joyau de l'école.
Qu'elle aille au diable, la vertu,
Quand on a un si joli cul !

Indulgente pour ces rimes de mirliton, Luciole a souri. Le poète saura-t-il lui faire oublier la paille du pailler et son étoile ? Elle le rejoint dans sa chambre. Même fouillis que chez elle, avec caviar, vodka et champagne en plus.

Elle attend un « Luciole, je t'aime » tendrement murmuré, des mains qui frôlent le corsage, qui ont l'audace de frôler la jupe...

Elle attend. L'impatience allume les yeux du poète. Au caviar et à la vodka, ils étincellent. Qu'en sera-t-il au champagne ?

Elle attend. Son amoureux lui tend la coupe. Il ose enfin un baiser sur ses lèvres, il lève son verre.

– Buvons à la gloire de Platon ! Son *Banquet*, c'est aussi le nôtre. Platon dit que l'amour est l'acte par lequel l'homme crée la beauté... Créons la beauté ensemble, Luciole.

Elle attend. L'action va-t-elle enfin suivre les paroles enflammées ?

Le poète philosophe est aussi musicien. L'amour qu'il lui fait a tous les mouvements d'une symphonie, ses *allegro* et ses *moderato*, ses *forte* et ses *pianissimo*, ses pauses, ses points d'orgue et ses codas.

Il a joué sa symphonie avec virtuosité et en bonne compagnie. Hegel et Nietzsche étaient avec lui aux *forte* et *allegro*, Schopenhauer aux *moderato* et Bergson aux *pianissimo*. Quant à Platon, il régnait sur les points d'orgue. Aux pauses, il n'a pas dit qu'il l'aimait, mais lui a récité des vers de Villon. Personne n'accompagnait le virtuose quand il revenait à la coda pour terminer en apothéose. Pas même Luciole. Alourdie de philosophie, comment aurait-elle pu décoller vers son étoile ?

Elle revient pourtant chez lui. Champagne toujours, mais le menu varie. Après le caviar et la vodka, c'est foie gras et sauternes, saumon fumé et meursault, huîtres et chablis et d'autres symphonies en non moins illustre compagnie – le normalien a les moyens.

Quelques semaines avant l'agrégation, quand le bachotage la retient chez elle, le musicien doit se passer d'elle pour sa symphonie.

A l'E.N.A., Luciole n'est plus le « joyau », comme à Normale. Elle est « un » énarque parmi d'autres. Elle n'attire plus le regard des hommes : c'est elle qui les regarde et elle ressent leur froideur comme une offense. Elle n'est pas la seule femme et ne se prétend pas la plus belle.

La beauté énarque, d'ailleurs, ne se compare à aucune autre. Elle n'est pas faite de rondeurs voluptueuses ou de froideur sculpturale. La beauté énarque est une beauté qui donne des ordres. Plus elle rayonne d'autorité, plus elle est belle. Les femmes énarques seront, comme les hommes, hauts fonctionnaires. Comme les hommes, elles désirent occuper les postes les plus prestigieux. Elles aussi préfèrent le Conseil d'État à une sous-préfecture de province. C'est le classement qui commande, les énarques ne choisissent pas. D'où leur permanente obsession d'être major, de sortir dans la botte. Si les rivalités sont sévères, elles n'excluent pas la camaraderie.

Luciole ambitionne aussi le Conseil d'État. Ils sont quarante-six sur la ligne de départ : cinq femmes et quarante et un hommes, dont un Noir.

Le Noir a l'air bien seul parmi ses rivaux à peau blanche. S'appeler Agatos n'arrange rien. Un nom grec sur un visage d'ébène ! Un nom qui fleure l'Olympe et l'Acropole ! On l'aurait accepté s'il s'était appelé « Bon », la traduction d'Agatos. Aussi l'ironie, qui ne se veut pas cruelle, vient-elle facilement sur les lèvres :

– Y'a Bon Banania, monsieur Agatos ?

Luciole n'a d'yeux que pour lui. Elle n'ignore pas que son attirance est suspecte aux yeux des autres et qu'elle alimente leurs commentaires croustillants.

– Les femmes redemandent du Noir quand elles y ont goûté...

Luciole est un canard dans leur poulailler. Il est vrai qu'elle est la seule normalienne, et il est bien connu qu'à Normale supérieure, on est à l'affût de toutes les curiosités...

Luciole se moque des ricaneurs. Dès que le regard d'Agatos et le sien se sont croisés, elle a baissé les yeux. C'est la première fois qu'un regard d'homme domine le sien. Il n'a pourtant rien de l'arrogance du mâle. C'est un bon et doux regard qui dit merci. Ils ont pris l'habitude de s'attendre à la sortie et de faire ensemble le chemin qui les mène, lui à sa chambre de la rue de Seine, elle à son studio, tout près. Ils vont, indifférents à la curiosité des passants dont les regards parfois se détournent. Il parle et elle l'écoute. Il évoque pour Luciole son enfance en Afrique noire.

Un jour, il ose enfin lui proposer de s'arrêter en chemin et de s'installer à la terrasse d'un café à Saint-Germain-des-Prés. Elle peut l'écouter plus longtemps.

Le père d'Agatos était l'interprète du gouverneur.

Il l'accompagnait dans ses randonnées et traduisait les doléances des chefs de tribus qui s'obstinaient à parler dans leur langue. Parfois, le gouverneur le chargeait de missions plus délicates. Il négociait alors la paix entre deux tribus venues aux armes pour régler, dans le sang, le vol d'un troupeau ou le viol d'une femme. La cruauté de ces affrontements l'avait durement marqué. Il rêvait d'une société où tous les hommes seraient bons. En donnant à son fils ce nom d'Agatos, c'était ce rêve qu'il lui transmettait. Il avait entendu la fille du gouverneur prononcer ce mot. Comme elle en ignorait le sens, son père l'avait traduit.

Jour après jour, Luciole entre dans la vie d'Agatos, et c'est à regret qu'elle en sort, rue de Seine.

Le père d'Agatos lui donna un cheval blanc quand il était enfant, et c'est sur son dos qu'il se rendait à l'école. Son maître, un Français, lui apprenait à lire, écrire, compter et aimer la France. Depuis les Gaulois jusqu'à la République. Il voulait qu'Agatos devînt un jour instituteur.

A la mort de son père, tué dans une embuscade, le gouverneur mit sa veuve à l'abri des soucis matériels. Elle revint dans son village, sur ses terres, avec bateaux au bord du fleuve, maison rénovée et pension confortable. Elle n'avait qu'un enfant et voulait le garder près d'elle, pêcheur et chasseur comme tous les hommes de sa tribu. Le gouverneur la convainquit que son père envisageait pour lui un autre destin. On envoya Agatos au lycée. Il y obtint, comme Luciole, son bac avec mention « très bien ». Il songeait à l'École coloniale de Paris. Ses professeurs lui conseillèrent l'E.N.A. Il passa par la faculté des Lettres, celle de Droit et de Sciences économiques, puis l'École des Sciences politiques, avant d'être admis à l'E.N.A. à la vingtième place.

– Voilà. Tu n'ignores plus rien de la vie d'un nègre qui a l'outrecuidance de se croire l'égal d'un Blanc.

Aux Deux Magots, où ils s'attablent chaque soir, Luciole prend avec Agatos ses habitudes. Quand ils s'arrêtent devant sa porte, rue de Seine, ils échangent de longs regards. Luciole devine alors que les yeux d'Agatos lui demandent ce que sa bouche n'ose demander. Elle dirait oui sans hésiter, s'il osait. Mais il n'ose pas. Alors, elle rentre seule chez elle et s'étourdit dans la préparation des colles.

A l'École, ils ne font pas scandale. Une agrégée aussi brillante qu'elle peut se permettre d'être l'amie d'un Noir. Caprice de normalienne. Quant au Noir qui a séduit la plus séduisante des énarques, ce n'est plus un Noir, mais un Don Juan que l'on envie.

Un soir, après que leurs yeux ont encore une fois parlé, c'est elle qui ose. Elle pose ses lèvres sur les siennes, prend sa main et dit :

– Viens chez moi. J'ai besoin de toi.

C'est la première fois qu'elle invite un homme chez elle. Elle le laisse s'installer à son bureau où il fait semblant de lire une revue. C'est à elle de parler la première, lui n'osera pas. Il l'entend dans la salle de bains et, brusquement, le studio s'illumine de toutes ses lumières.

– Retourne-toi, Agatos.

Agatos s'est retourné. Elle est nue. Elle est blanche. Elle est belle. Il murmure :

– Luciole, je suis un nègre...

Luciole lui répond :

– Tu es un homme. Viens.

Il va vers elle. Sans précipitation. Il la regarde longtemps, ébloui. Il caresse tout son corps doucement de ses magnifiques mains noires. Il s'agenouille, sa tête se blottit contre elle, s'échauffe de sa chaleur. Et, religieusement, comme intimidé de son audace, il pose ses lèvres là où, offerte comme jamais, elle les attend.

Elle a encore la force de murmurer :

– Relève-toi... Regarde-moi... Est-ce que je suis belle ?

Elle déshabille son corps d'ébène, plus beau qu'une statue de Praxitèle. Elle s'allonge sur le lit et il vient en elle. Jamais les étoiles n'ont tant brillé.

Elle s'est endormie au creux de son épaule. Au réveil, elle demande :

– Agatos, veux-tu me prendre pour femme ?

– N'oublie pas que je suis un nègre, Luciole, réfléchis...

A son père, elle dit qu'elle a rencontré l'homme de sa vie.

– Il s'appelle Agatos. Il est énarque. Il est noir. Quand il m'aura épousée, je le suivrai en Afrique, dans son pays.

Son père la retient dans ses bras :

– Luciole, as-tu bien réfléchi ?

– Ma raison ne peut plus rien. Agatos est mon destin.

Le professeur se retourne pour qu'elle ne le voie pas pleurer.

Dans ce puzzle qu'elle reconstitue, les autres tranches de sa vie, libérées de la tutelle des Lettres, s'enchevêtrent et se confondent en une inextricable complexité. Comment aurait-elle pu, sans méthode, revivre toutes ces années ? Elle n'a pas, comme Descartes en sa nuit, conçu « les fondements d'une science admirable », mais elle connaît maintenant le chemin de la vraie vie.

La fenêtre s'éclaire des premières lueurs de l'aube. Elle songe à Sanluc et à ses « aurores aux doigts de rose » qu'Homère et son *Odyssée* lui ont appris à regarder. Si Agatos est son Ulysse, jamais elle ne sera la sage Pénélope qui attend. Elle le suivra dans toutes ses aventures. Il est son premier amour. Il sera le seul.

25

Bien que les coqs aient chanté depuis longtemps, rien ne bouge dans la chambre de Luciole. Hier, à la réception, elle a parlé d'une grande surprise. Rosine veut savoir de quoi il s'agit, elle s'impatiente. Elle frappe à sa porte et entre. Dans le grand lit où elle ne vient plus guère, Luciole dort, blottie au creux de l'oreiller. La main sur sa bouche comme si le pouce y était encore. Un plaisir interdit qu'elle s'offrait en cachette. Lui cache-t-elle d'autres plaisirs ?

Rosine n'ose la réveiller d'un baiser ; elle va attendre son réveil. Elle aussi a beaucoup à lui apprendre. Ni son père, dont Luciole a excusé l'absence, ni la Mélie, ni Paul Alban n'étaient à la réception du sous-préfet. Ils craignaient que la présence du professeur ne révélât le secret qu'il fallait taire encore. Luciole Grimaud est la fille aînée du notaire et il dépend de maître Grimaud qu'elle soit en pleine lumière la fille du professeur Forelli-Alban. Rosine est bien décidée à vaincre les dernières réticences de son mari.

Le professeur est chez ses parents. Ils l'ont accueilli hier dans leur grande maison de Garbois, à l'heure des discours chez le sous-préfet. C'est là que Paul Alban, qui a pris sa retraite, cultive désormais son jardin.

Le dernier jour de classe, ses élèves, les anciens et les autres, ceux de Sanluc et de Mairey, sont tous venus écouter sa leçon de morale, une belle leçon qui haussait les esprits et touchait les cœurs. Paul Alban était ému. Tous ces visages tendus vers lui, il les reconnaissait, malgré les rides, les moustaches ou les barbes, les cheveux blancs ou les calvities... C'est toute sa vie que ces visages lui rappelaient, une vie de droiture et de dévouement. Au nom de tous, Jacques a su lui dire un merci émouvant. Paul Alban a reconnu le style de son Pierre dans le beau texte que Jacques a lu. Pierre était là aussi. Un élève parmi les autres. Et il a pleuré comme les autres quand les lèvres du vieux maître ont tremblé pour remercier et que ses yeux se sont embués.

Après, ils ont bu et chanté pour oublier toute cette émotion. Paul Alban et la Mélie n'étaient pas les derniers. Mais, quand s'est avancée la Renault neuve qu'ils lui offraient pour remplacer leur guimbarde, la Mélie s'est remise à pleurer.

La Mélie aurait bien aimé écouter les discours du sous-préfet et boire le champagne avec sa petite-fille. Mais il lui faut pour quelque temps encore être une grand-mère clandestine. Pierre l'a consolée en lui assurant qu'il ne sera bientôt plus question de clandestinité. Cette grande maison où elle n'a pas encore ses habitudes, elle la veut belle et accueillante pour Luciole ; mais son pitaud ne sera pas auprès d'elle quand elle lui dira : « Cette maison est la tienne. Je t'y attendrai comme je t'attendais à Mairey. Une énarque, même conseiller d'État, n'en est pas moins la petite-fille de sa grand-mère. J'ai besoin de toi, comme toi de moi. »

Le professeur est parti dès l'aube chez son ami Jacques. Rosine sait par Mélie qu'il y restera quelques jours et que, ce soir, il l'attend. Il n'est pas encore redevenu le pitaud d'autrefois. Rosine sait que ce n'est pas devant Mme Grimaud qu'il le redeviendra.

Elle attend sans hâte que Luciole se réveille. Le soleil éclaire son visage où s'épanouit un sourire qu'elle ne lui connaît pas. Un sourire de femme aimée. Rosine ne serait pas surprise si, à son réveil, Luciole lui apprenait qu'elle a trouvé l'homme qu'elle cherchait.

Ce cahier entrouvert au bord du lit, ne serait-ce pas ce journal écrit pour elle et promis ? Rosine prend le cahier et en commence la lecture, attirée par la fin sans pouvoir résister. Depuis l'E.N.A., Luciole est devenue secrète. Elle prétexte son travail pour accueillir moins souvent sa mère à Paris. Elle s'absente quand elle y est. Il doit y avoir une raison à tout cela.

Impossible de lire sans sourire l'épisode du normalien qui lui joue ses symphonies. Elle a toujours rêvé de marier Luciole à un normalien. Il lui semble que celui-là aurait fait un gendre parfait.

Elle continue sa lecture et, soudain, l'angoisse crispe son visage. « Mon Dieu, mon Dieu », soupire-t-elle. Mais l'angoisse desserre peu à peu son étreinte. « Comme ma Luciole est heureuse ! » Et de nouveau, la crispation de l'angoisse. « Elle va l'épouser... » Elle ferme les yeux et murmure, incrédule : « Mon gendre est un Noir. »

Quand Luciole se réveille, Rosine essuie une larme.

– Maman !

Allons, Luciole peut bien aimer qui elle veut, elle n'a pas changé. Elle abandonne le creux de l'oreiller et retrouve comme par le passé sa place contre sa mère. Son regard de petite fille déborde de tendresse.

– Tu as lu. Tu sais. Tu sais que je l'aime et que je veux être sa femme...

– J'ai lu aussi que ton Agatos est un Noir.

Luciole s'est levée, a ouvert la fenêtre et aspiré l'air frais à pleins poumons pour se débarrasser des scories du sommeil. Elle se veut lucide et éveillée.

« C'est un Noir. » On la lui a parfois crachée au visage, cette phrase-là, avec mépris et cruauté. Mais Rosine n'est ni cruelle, ni méprisante, ni dégoûtée, elle est seulement une mère angoissée.

– Je n'ai pas voulu te faire mal... J'ai peur pour toi, Luciole, peur que le destin t'entraîne vers le malheur.

Luciole se tait. A quoi bon répéter à sa mère qu'elle est heureuse ! Elle le sait et elle le voit. Comment la rassurer et la persuader que cet avenir qui lui fait peur sera fait de plus de bonheur encore ?

Elle se dresse et plonge son regard dans celui de sa mère.

– Maman, que vaut-il mieux épouser ? Un corps sans attrait, un cœur sans noblesse, un esprit sans hauteur ? Ou un être au corps affolant de beauté, au cœur tendre, à l'esprit fascinant, aux dons exceptionnels...

– Agatos serait cet être-là ?

– Il l'est, maman, l'amour ne m'aveugle pas.

Luciole reprend sa place au creux de l'épaule. Il ne faut rien brusquer, il faut donner à Rosine le temps d'un autre regard.

Rosine ferme les yeux, elle essaie de voir clair... Et ce qu'elle découvre en elle est d'une aveuglante clarté. Agatos est le gendre espéré, puisque Luciole l'a choisi. Elle regarde de nouveau sa fille, sans angoisse. Quand son gendre viendra vers elle, il n'aura à craindre ni le recul de son premier geste, ni la méfiance de son premier regard.

– Pourquoi ne me l'as-tu jamais présenté ?

– Je craignais que tu souffres de sa peau noire.

– Qu'il vienne, Luciole. Qu'il vienne vite. J'ai hâte de le connaître.

Sa fille qui lui échappe n'est-elle pas toujours sa fille ?

– Pour venir au monde, tu m'as déchiré le ventre et j'ai hurlé ma souffrance. Mais quand je t'ai reçue dans mes bras, le bonheur que j'ai éprouvé m'a tout fait oublier.

Rosine s'interrompt, comme pour mieux revivre cette souffrance et ce bonheur du passé.

– Ton Agatos me fait souffrir comme tu m'as fait souffrir à ta naissance. Mais devant ton bonheur, mon cœur oublie sa souffrance.

– Mélie m'attend, dit Luciole. J'ai peur que grand-mère souffre autant que toi quand elle apprendra.

– Tu lui diras comme à moi qui tu épouses et elle ne souffrira pas.

Après un long silence, Rosine s'arrache à la tendresse de leur étreinte.

– Je peux emporter ton journal ?

– Je te le donnerai à ton retour de Sanluc. Je t'attendrai chez grand-mère.

Elle ajoute, malicieuse :

– Tu nous diras ce que vous aurez fait, papa et toi.

Rosine regarde sa fille, le visage rayonnant d'espoir.

– Je voudrais tant que ton père redevienne mon pitaud.

– Je sais qu'il t'aime comme Agatos m'aime. Et lui, au moins, il a une belle peau blanche ! dit-elle en riant.

Comme Rosine quitte la chambre, Luciole court derrière elle :

– Sois prudente sur la route de Sanluc ! Tu aimes tant la vitesse que je suis toujours inquiète...

26

– Un conseiller d'État, est-ce que sa grand-mère peut encore le tutoyer ?

C'est avec ces mots que Mélie accueille Luciole sur le seuil de sa maison.

– On entre au Conseil d'État pour faire son métier, mais le cœur n'y change pas. Le mien ne cessera jamais de te dire « tu ».

Après une tendre étreinte, Mélie poursuit :

– Tout ce beau monde, hier, sous les lustres de la sous-préfecture, ça m'aurait trop intimidée. Ici, tu n'es qu'à moi.

– Moi aussi, j'aime mieux te voir ici. Là-bas, on t'aurait courtisée. Je ne veux pas qu'on me vole ma grand-mère.

Elles éclatent de rire, et la Mélie oublie que, pour le beau monde, Luciole est toujours la fille aînée du notaire.

– Viens que je te montre ta chambre.

Légère comme une jeune fille, elle grimpe l'escalier qui conduit à l'étage.

– Elle ressemble à celle de Mairey. Tu y retrouveras tout ce que tu as aimé là-bas.

A chaque objet caressé, Luciole voudrait dire son bonheur de le retrouver à Garbois, mais sa mémoire est plus prompte que son cœur.

– Objets inanimés, avez-vous donc une âme...

Mélie l'entend et mêle sa voix à la sienne :

– ...Qui s'attache à notre âme et la force d'aimer ? Moi aussi, j'ai appris ce poème à l'école. Il est si beau que je m'en souviens encore.

Elle ouvre une autre porte, entraîne sa petite-fille dans une pièce où tout est rangé, comme dans le grenier de Mairey.

– Tout est là... Les pierres, les fleurs, les papillons, les insectes... Ils t'attendaient.

Luciole retrouve dans un meuble les reliques qui témoignent de l'enfance du pitaud... Le carnet à couverture noire, les perles en bois, les photos, le costume de communiant... Rien ne manque. Mélie y a même ajouté ses premiers sabots, ses vêtements de sixième vêture, ceux de la douzième. Sur le marbre de la cheminée, « son » *Tour de France*. Aux murs, encadrés, ses diplômes d'écolier et d'étudiant : le certificat d'études, le brevet, le brevet supérieur, le professorat des Écoles normales, l'agrégation, le doctorat...

– Tu y accrocheras aussi les tiens.

D'un tendre regard, Luciole remercie Mélie.

– J'ai voulu faire de cette pièce un musée, dit Mélie. Ton père croit que je l'ai fait pour lui.

Elle regarde Luciole qui caresse les sabots, les vêtements.

– Mais c'est pour toi que je l'ai fait. Pour que tu y retrouves l'enfance de ton père.

Mélie pense à Pierre qui est à Sanluc, et à Rosine qui va le rejoindre. Elle voudrait croire qu'une nouvelle vie commence pour lui, pour elle, mais rien n'est fait encore...

Elles sont de nouveau dans la chambre.

– Tu ne remarques rien ?

– Si. Le lit n'est plus le même. Celui-là est plus grand.

Mélie s'assoit dessus, y fait asseoir Luciole.

– C'est un lit pour deux personnes. Deux grandes personnes.

Mélie hésite. Une grand-mère n'a pas à être trop curieuse. Une grand-mère doit savoir attendre les confidences. Tant pis, elle se décide.

– Tu as déjà coiffé Sainte-Catherine, Luciole. Tu ne vas pas attendre l'âge canonique pour te marier.

« Mon Dieu, pense Luciole, donnez-moi les mots pour lui dire sans lui faire mal. » Sa pâleur soudaine, qu'elle essaie de cacher en se blottissant contre elle, n'inquiète pas Mélie, qui croit à une pudeur d'amoureuse. Pour l'inciter à la confidence, elle lui caresse doucement le visage :

– J'avais peur que le Conseil d'État ne te dessèche. C'est un métier d'homme. La fonction, d'ailleurs, ne se dit pas au féminin. Tu es un conseiller, pas une conseillère. Je ne craignais pas que tu me reviennes avec des moustaches, mais avec un visage de chef, des yeux de chef !

Son regard fait l'inventaire des jambes, de la jupe, du corsage.

– Dieu merci, tu es encore plus belle qu'avant, plus femme...

Elle ne s'étonne pas du silence de Luciole.

– J'ai souvent revu ton cavalier de la Saint-Alban. C'est un beau garçon, l'ingénieur. Il me demande de tes nouvelles. Je crois qu'il t'aime.

Toujours le même silence de Luciole, la même pâleur sur son visage.

– Tu lui en veux de t'avoir manqué de respect ?

– Mais non, grand-mère. Je t'ai dit que je l'avais voulu.

– Tu l'accompagneras au bal du 14 Juillet, alors ?

– Non. Mon cœur est pris. Et pas seulement mon cœur. Je ne m'appartiens plus.

Luciole rayonne de bonheur. Mélie murmure :

– Dis-moi tout, ma petite-fille.

Luciole est sûre que sa Mélie peut tout entendre et que son cœur n'en sera pas meurtri.

– Il s'appelle Agatos. Il est plus beau que l'ingénieur. Nous nous sommes connus à l'E.N.A. Entré vingtième, il est sorti cinquième. Il aurait pu choisir le Conseil d'État, lui aussi, mais il a préféré les Affaires étrangères. Il sera peut-être ministre, sûrement ambassadeur.

– L'aimes-tu comme on doit aimer l'homme de sa vie ?

– Oui.

– Alors pourquoi m'avoir fait languir ? Pourquoi ne pas me l'avoir dit quand tu as vu le grand lit ?

– Parce que mon Agatos a la peau noire, Mélie.

– C'est un nègre ?

– Oui.

– L'aimerais-tu davantage s'il avait la peau blanche ?

– Non. Peut-être même que je l'aimerais moins.

Mélie resserre son étreinte.

– Vivre un grand amour est une grâce de Dieu.

Elle sait de quoi elle parle : cette grâce-là, Dieu la lui a donnée.

« Une grâce de Dieu, mais aussi le don total de soi », pense Luciole.

– Si la vie devait nous séparer, je crois que j'en mourrais, grand-mère.

« Pourquoi le destin aurait-il cette cruauté ? se dit Mélie. Parce qu'Agatos est noir ? »

– L'amour n'a pas de couleur, Luciole.

Luciole s'est redressée. Mélie a pris son visage entre ses mains. Leurs yeux brillent de la même espérance :

– Que m'importe que tes enfants soient noirs ou blancs. Ils seront pour moi les plus beaux du monde, puisqu'ils me viendront de toi.

Le curé Félix a lu la lettre que lui a écrite Paul Alban et qu'il a chargé Pierre de lui remettre. Il en va ainsi chaque fois que le professeur vient à Sanluc. L'hécatombe de Verdun a uni dans une amitié qui a résisté au temps comme aux interdits celui qui croit au ciel et celui qui n'y croit pas.

– Je ne te vois plus guère, Jacques. Et toi, Pierre, encore moins.

Le bon curé les entraîne dans son jardin et tous trois s'assoient sur le banc, à l'ombre du tilleul.

– Les foins sont rentrés. Les blés moissonnés. Les battages commencent. Autrefois, quand le blé séchait dans les greniers, le curé bénissait les mariages.

Les yeux clos, il murmure :

– Les jeunes d'aujourd'hui ne se marient plus.

Il regarde ses deux gaillards qui baissent le nez.

– Et ceux qui devraient être mariés depuis longtemps ne le sont pas encore.

Pierre et Jacques se taisent. La mission du curé, c'est de bénir les mariages, pas de les provoquer.

S'ils osaient, ils lui feraient remarquer que, malgré sa bénédiction, il y a des mariages qui ont mal tourné !

Félix sait que Jacques se mariera. Un Dorville ne laisse pas le domaine sans héritier. Mais Pierre ? Il lui prend la main, comme autrefois, lorsqu'ils marchaient dans les allées du jardin et que le pitaud récitait son catéchisme.

– Crois-tu que Luciole songe au mariage ?

Pierre ne peut s'empêcher de le taquiner.

– Vous le savez mieux que moi, monsieur le curé. C'est vous qui confessez.

– C'est vrai, mais je ne vois guère Luciole.

Un sourire malicieux sur les lèvres, il ajoute :

– Aimer, c'est un bonheur, pas une faute. Son bonheur, une fille le confie à sa mère. Jamais à son confesseur. Lui n'a droit qu'aux péchés.

Jacques a laissé son ami en tête à tête avec le curé. Celui-ci est, peut-être, porteur d'un message que Pierre seul doit entendre. Il les attend près du bassin, soulagé d'avoir échappé aux curiosités du curé.

Pierre, après avoir longuement hésité :

– Je crois que Luciole songe au mariage. Mais elle vous le dira elle-même. Demain, elle sera à Sanluc. Rosine y sera ce soir.

Avec l'air soucieux de celui qui doit, sans le dire, faire comprendre ce qu'il sait, le curé se décide :

– Le bonheur de Rosine était de vous rejoindre à Paris et d'y partager vos plaisirs et vos peines. Ce sera dur, pour elle, d'être privée de ce bonheur quand Luciole sera mariée. Dur pour toi aussi, qui vis depuis si longtemps auprès d'elle. Mais toi, tu as tes cours, tes étudiants... As-tu songé à la solitude de Rosine ?

Pierre a pris, lui aussi, l'air soucieux de celui qui doit, sans le dire, faire comprendre ce qu'il a décidé.

– J'y ai songé, monsieur le curé. C'est pour en parler que Rosine vient à Sanluc.

Et Félix, qui a bien reçu le message, ne craint plus de dire ce qu'un curé de campagne ose parfois dire.

– Ce bonheur que Luciole vous a donné, à vous de savoir vous le donner sans elle.

Et le bon curé de faire claquer comme autrefois un baiser sur les joues du pitaud.

– N'enlève pas la bonde, Pierre. Tu es trop vieux pour refaire les mêmes bêtises.

27

Pierre et Jacques ont décidé de refaire à pied leur chemin d'écolier. La route, dont le goudron fond sous le soleil de juillet, ne leur rappelle guère le chemin caillouteux d'autrefois et ses nids-de-poule. Les haies qui le bordaient ont été arrachées. Là où poussaient à l'ombre des pommiers le blé, le chanvre, le trèfle, le chou-moelle, la lisette et la citrouille, s'étendent à l'infini des champs nus moissonnés, et, sous les tourniquets d'arrosage, la verdure du maïs et le jaune du colza.

Si l'esprit de Jacques n'était ailleurs, il ferait remarquer à son ami que jusqu'à l'horizon, ce sont les terres des Dorville. Peu de paysans ayant pu s'adapter aux exigences de la modernité, il sera bientôt seul à cultiver les terres de Sanluc. Pierre l'aurait-il entendu ? Il est lui aussi enfermé dans ses pensées.

Ils arrivent en vue de la ferme des Dorville. Le chien, qui a flairé leur approche, les salue d'un aboiement joyeux et Claudette s'époumone à le faire taire.

Jacques se décide à parler :

– Je crois que le curé sait que je vais me marier.

– Tu as trouvé la femme qu'il te faut ? interroge Pierre, incrédule.

– Oui. Cela n'a pas été facile.

Ils s'installent au bord de la route, à l'ombre d'un chêne centenaire dont le remembrement n'a pas eu raison.

– Même riche, un paysan n'est plus un bon parti. Les gros sabots et les odeurs d'étable, c'est fini. Les femmes d'aujourd'hui préfèrent les gars des villes, les vacances, les week-ends...

Jacques soupire :

– Dieu sait si j'en ai reconduit des filles, après le bal ! Je leur ai fait l'amour sur la paille et dans le foin. Mais quand je parlais mariage, elles se sauvaient.

Il poursuit :

– J'ai vieilli. J'ai cessé d'aller au bal. Je me suis habitué à vivre en vieux garçon. Ma mère gouvernait la ferme. Une femme n'était pas indispensable... Et puis, la mère est morte. Claudette est venue. Elle l'a remplacée. Tout ce qu'elle faisait, elle le fait.

Craignant d'importuner son ami :

– Je t'ennuie avec mes affaires...

– Non, Jacques. Continue.

Jacques ira jusqu'au bout de sa confession :

– Un jour, j'ai demandé à Claudette si tous ces travaux et ces longues journées sans vacances ne la rebutaient pas. Elle m'a répondu qu'elle avait été élevée dans un bordage, qu'elle savait depuis l'enfance traire les vaches, préparer la pâtée des cochons et qu'elle aimait ça. « Si je vous proposais de rester pour toujours dans cette ferme, vous y resteriez ? », lui ai-je demandé. Elle m'a répondu que si je lui demandais de rester, elle resterait. Toujours.

Jacques ferme les yeux pour évoquer la suite.

– Je l'ai embrassée et le soir même j'en ai fait ma femme... Il est grand temps que nous régularisions. L'enfant qu'elle porte commence à faire comprendre qu'il veut un père.

Et, brusquement, comme s'il sortait d'un rêve :

– Je voudrais tant que, toi aussi, tu te maries.

Pierre se tait. Jacques peut dire sa vie, car cette vie est sans mystère. Mais ce n'est pas le cas de la sienne.

– Je sais que Luciole est ta fille...

Pierre sursaute :

– Tu le sais ? Mais qui te l'a dit ?

– Rosine. A la mort de notre mère, elle était si désemparée qu'elle a eu besoin de se confier. Elle ne m'a rien caché de votre histoire.

La voix de Jacques ravive en Pierre une souffrance jamais éteinte.

– Il faut lui pardonner, Pierre. Elle t'a fait souffrir. Elle-même souffre encore. Faut-il donc payer toute sa vie les fautes de sa jeunesse ? Et ne seras-tu pour Luciole jusqu'à la fin qu'un père clandestin ?

Et, comme s'il appelait à son aide Dieu ou ses saints :

– Je crois que notre curé Félix sait tout. Il ne rêve que de marier enfin ses deux vieux célibataires.

Pierre sort enfin de son silence :

– Merci de m'avoir dit tout ça. Ce n'est pas Mme Grimaud que j'attends ce soir dans la ferme des Dorville. C'est Rosine, la mère de notre Luciole...

Sa voix, dont il a maîtrisé l'émotion, se fait presque caressante.

– Notre fille s'en va vers son destin. J'espère qu'elle reviendra souvent nous dire son bonheur. Je souhaite que Rosine et moi l'attendions ensemble.

Superstitieux, il hésite. Ne va-t-il pas attirer le malheur en disant à un autre ce que seule Rosine doit entendre ?

– Jacques... Ce soir, je proposerai à ta sœur d'être ma femme.

Son ami bondit de joie.

– Elle attend depuis si longtemps que tu le lui demandes !

La cloche appelant pour le repas de midi, ils se lèvent. Jacques prend dans les siennes les mains de son ami.

– Votre chambre est prête, Pierre. C'était la sienne autrefois...

28

Alanguie sur le canapé sous le regard austère des trois Grimaud, Rosine attend sans angoisse son notaire. Elle lui a promis que le secret serait bien gardé, il l'a été. A la réception du sous-préfet, aucun sourire, aucune œillade, aucune parole ambiguë n'ont laissé supposer que l'on savait que le professeur était le père de Luciole. Qu'on le sache ou qu'on l'ignore, à vrai dire, elle s'en moque ! Ce soir, à Sanluc, elle entendra son pitaud lui dire qu'il l'aime. Elle ferme les yeux, elle répète : « Rosine, je t'aime », et tout en elle s'émeut.

Le regard des Grimaud, au-dessus, ne l'impressionne plus. Elle peut l'affronter sans ressentir de gêne.

– Je vous ai donné Henri qui est encore meilleur notaire que son père...

Elle n'attend évidemment pas que les Grimaud l'en remercient puisqu'elle se parle à elle-même. Elle s'en ira, l'âme sereine et fière du devoir accompli.

Elle attend son mari. Dès l'aube, il s'est enfermé dans son bureau. D'ordinaire, c'est Henri qui s'y enferme. Mais ce matin, Fernand voulait y régler seul ses affaires. Quelles affaires méritent de le retenir si longtemps ?

Enfin, il arrive. Son visage, ordinairement crispé, est curieusement détendu. Il s'installe sur le canapé, semble heureux d'y retrouver sa femme. Mais, telle une vertueuse bourgeoise, Rosine garde ses distances.

– Notre Luciole a fait grosse impression hier soir, dit-il. Elle attirait tous les regards. Il est vrai qu'elle rayonnait de bonheur et de beauté.

Il prend la main de Rosine, y pose ses lèvres.

– Rosine, ta fille a vingt-six ans. Il est temps qu'elle songe au mariage.

– Crois-tu qu'elle ait besoin de nous pour y songer ?

Le notaire espérait une réponse moins ironique, mais il ne s'en froisse pas.

– Nous ferons en sorte que tout Garbois se souvienne longtemps de ses noces. Juliette, avec son bûcheron et son gros ventre, nous a contraints à la discrétion ! Avec Luciole, l'événement sera digne des Grimaud.

Rosine n'a pas l'intention de laisser son notaire s'égarer dans des chimères.

– Mon pauvre ami, je crains fort que les Grimaud ne refusent les fastes d'une telle cérémonie.

– Et pourquoi ? riposte le notaire.

Rosine s'amuse de la soudaine inquiétude qui assombrit le visage de son mari. Elle se veut encore plus mystérieuse.

– Crois-tu donc que Luciole n'est venue à Garbois que pour flatter la vanité des Grimaud ?

Le notaire est si décontenancé, si impatient aussi, qu'elle ne résiste pas au plaisir cruel de le faire languir.

– Luciole est venue dire à sa mère qu'elle a choisi l'homme de sa vie et que son mariage est pour bientôt.

– Et pourquoi les Grimaud ne s'en réjouiraient-ils pas ?

– Parce que Luciole épouse un nègre. Un grand et beau nègre. Noir comme le charbon.

– Luciole nous fait ça ? gémit le notaire.

Faussement compatissante, elle se rapproche de son mari :

– Eh oui ! mon pauvre Fernand. Luciole nous fait ça. Un tel affront aux Grimaud, cela ne se pardonne pas !

Et dans un éclat de rire qui le met à la torture :

– Tu vois qu'il est temps que tout Garbois apprenne que Luciole n'est pas une Grimaud, mais la fille du pitaud !

Le notaire ne sait que répéter :

– Un nègre... Un nègre...

Et brusquement, il a un sursaut de mépris.

– Ta Luciole, c'est bien la fille d'un pitaud, oui !

– Eh bien ! il faut la lui rendre, répond Rosine, olympienne. Finis la clandestinité, les mensonges et les hypocrisies. Le professeur Pierre Forelli-Alban mariera sa fille à Sanluc et il n'aura pas honte de la marier à un Noir. Moi non plus.

Le silence du notaire trahit son désarroi. Il avait préparé leur entretien dans la solitude de son bureau, et voilà que rien ne se déroule comme il l'avait espéré. Le Noir qui n'était pas prévu a mis ses pensées cul par-dessus tête. Il lui faut retrouver sa lucidité, être de nouveau le maître qui décide, pas l'humilié.

– Tu me demandes de rendre Luciole à son père ?

– Oui.

– Mais toi, à qui faut-il que je te rende ?

– Au pitaud. Au père de Luciole.

Le notaire a chassé le nègre de son esprit. Rien de ce qui l'a un moment désarçonné n'apparaît plus sur son visage. Son regard, qui s'attarde sur Rosine, n'a rien de commun avec celui des portraits. C'est un regard plein de tendresse.

– Je voudrais que tu ne construises pas ton bonheur avec lui sur les cendres du nôtre.

– Nos enfants nous le rappelleront toute notre vie, Fernand.

La voix de Rosine se casse quand elle ajoute :

– Même si le moment est venu...

Il ne la laisse pas achever. La décision, c'est lui qui doit la prendre.

– Ce moment est venu, Rosine.

Le notaire ne maîtrise plus son émotion. Rosine, c'est vingt-sept ans de sa vie, vingt-sept ans sans la chaleur d'un grand amour. Mais une vie qui lui a donné trois enfants... Il se ressaisit.

– Tu peux, dès ce soir si tu le veux, retourner dans la ferme des Dorville. Tu es libre. Libre d'épouser le père de Luciole quand notre divorce sera prononcé. Les papiers sont prêts. Je n'attends que ton accord pour engager la procédure.

– Mais toi, Fernand ?

Il sourit.

– En te rendant ta liberté, je reprends aussi la mienne.

Il regarde l'un après l'autre les trois portraits.

– Ma place n'est plus auprès d'eux. Je leur laisse Henri, qui la mérite mieux.

Il se tourne de nouveau vers Rosine.

– J'aime, moi aussi. Comme jamais je n'ai aimé.

Il hésite, comme s'il allait avouer une faute.

– J'aime Odile, la femme du pharmacien. Nous partons. Je ne sais pas si nous reviendrons.

Quand le notaire s'est éloigné, Rosine a vu dans ses yeux ce qu'elle n'y avait jamais vu : une larme.

Elle tient à ce que Luciole soit la première à savoir qu'ils ont décidé de se séparer, qu'elle n'est plus Mme Grimaud et que, demain, elle sera l'épouse de son père. Elle espérait la trouver dans sa chambre, mais Luciole n'y est plus. Elle est chez la Mélie. Tant pis, elle lui laissera une lettre. Elle se donne le temps de choisir ses mots et de revivre l'émotion que chaque phrase fait renaître.

Elle aperçoit alors, sur le lit, le journal de Luciole, toute sa vie avec son père livrée sur les feuillets. De cette vie-là, elle ne connaît que des morceaux. Elle se saisit du carnet. Luciole comprendra qu'elle n'a pu attendre qu'elle le lui donne. A la place du journal, elle met une photo. La seule où elle soit avec son pitaud. Ils se promènent dans le parc de la ville. C'est leur dernière promenade. Après, ils se sont aimés, et Rosine a dit qu'elle épousait le notaire. Cette photo ne l'a jamais quittée. Dans sa lettre, elle explique à Luciole pourquoi elle la lui donne : sa mère n'y est pas seule à côté de son père ; leur fille achève en elle son premier mois de vie.

Rosine regarde une dernière fois sa maison de Garbois. Elle emporte avec elle ses souvenirs de bonheur, souvenirs de mère comblée qui relégueront dans l'oubli ses déceptions d'épouse. Elle laisse dans la grande maison ses espérances trompées et ses amertumes.

29

L'auto file vers Sanluc. Rosine accélère, encore et encore. C'est si loin, Sanluc, quand le bonheur vous y attend ! A chaque virage, la carcasse d'acier et les pneus crissent. Elle s'accroche à son volant comme le marin au gouvernail par gros temps.

Si elle résiste à la tentation d'ouvrir le journal, elle ne peut s'empêcher de vérifier sans cesse qu'il est à côté d'elle. Et c'est, dans un autre virage, les mêmes crissements de pneus, et les mains et les pieds qui rattrapent la défaillance des yeux – heureusement qu'elle a de bons réflexes ! Mais comment ne regarder que la route quand le journal de Luciole est là, et qu'il a tant à lui apprendre ?

En trombe, la voiture traverse Sanluc. Les commères, affolées, lui laissent la voie libre.

– C'est Rosine, dit l'une d'elles.

Et toutes de se lamenter :

– Mon Dieu ! voilà notre Rosine devenue folle...

Arrivée sur le chemin où le pitaud portait son cartable, elle a pris le journal et l'a ouvert. Elle a le temps d'en lire quelques lignes avant de se blottir dans les bras de Pierre.

En trombe, elle passe devant la ferme des Dorville. Elle klaxonne très fort.

L'auto se dirige vers le petit pont. C'est là qu'elle attendra son pitaud. Là où il a appris que Luciole était sa fille, elle l'entendra dire : « Rosine, veux-tu être ma femme ? »

Elle lit. La route est droite et large, débarrassée des arbres qui jadis la bornaient. Elle a le temps de lire, l'obstacle est loin. Elle s'autorise quelques lignes encore et ses yeux quitteront le journal pour se porter sur le petit pont... Mais que lui apprennent donc ces lignes pour que ses yeux fascinés s'y attardent ?

Le choc était inévitable. Dans un bruit effroyable, la voiture s'écrase contre le parapet. Rosine est projetée contre une roche en contrebas, dans l'eau du ruisseau.

Après la douleur, une grande douceur l'envahit et s'écoule d'elle comme si elle se dissolvait dans la rivière... Plus rien de son impatience, mais une seule pensée : Pierre. Elle se retient de prononcer son nom, de peur qu'il ne se dilue lui aussi dans l'eau. Elle a envie de dormir, mais il ne faut pas qu'elle dorme. Elle ouvre les yeux aussi grands qu'elle peut et elle attend.

Jacques et Pierre ont entendu l'appel du klaxon, ils ont vu l'auto filer vers le petit pont.

– Mon Dieu, que lui arrive-t-il ?

Eux aussi ont filé vers le petit pont. Pierre a enjambé le parapet. Il se penche maintenant sur Rosine et caresse son visage de ses mains tremblantes. Les yeux grands ouverts, Rosine laisse échapper le doux nom qu'elle a retenu : Pierre...

Il pose ses lèvres sur les siennes.

– Rosine, veux-tu être ma femme ?

Rosine entend son pitaud et, dans un souffle, elle dit « oui ». Un éclair de bonheur brille dans ses yeux et un sourire de bonheur bouleverse son visage.

Puis le sourire se fige et les yeux s'éteignent.

Pierre a pris Rosine dans ses bras. Ensemble, ils sortent du ruisseau. Il repousse Jacques qui propose son aide.

– C'est moi qui la porterai jusqu'à notre chambre. Cette nuit qui devait être celle de nos noces, elle y dormira près de moi.

Il marche lentement jusqu'à la ferme des Dorville. Rosine dans ses bras, le regard fixé sur son sourire figé et ses grands yeux éteints, Jacques suit.

– Je veux revoir maman avant qu'elle ne parte pour Sanluc, a dit Luciole à Mélie.

Mais Rosine a quitté la grande maison sans l'attendre. Elle a laissé une lettre sur le lit. Luciole la parcourt et sourit. « Enfin, ils vont vivre ensemble ! » Elle regarde la photo et l'embrasse. Lettre et photo, c'est dans son corsage qu'elles ont leur place.

Elle cherche son journal. Il n'est pas sur le lit, il n'est plus dans la chambre. « Mon Dieu, gémit Luciole, maman l'a emporté avec elle. »

Elle se précipite chez Mélie.

– Vite, grand-mère, il faut rattraper maman. Elle a pris mon journal. J'ai peur qu'elle le lise en conduisant !

Et voilà qu'une seconde auto file vers Sanluc. C'est Mélie qui conduit et Luciole la presse d'aller toujours plus vite. Dans la cour des Dorville, des visages en pleurs les accueillent. Jacques essaie de retenir Luciole.

Dans la chambre, au premier, son père, agenouillé, parle à Rosine étendue sur le lit. Rosine sourit.

Luciole, incrédule, pose ses lèvres sur le front glacé.

– C'est moi qui l'ai tuée... Elle a lu mon journal en conduisant, j'en suis sûre, dit-elle dans un sanglot en se blottissant contre son père.

Pierre voit dans les yeux de sa fille la même détresse que la sienne.

– Non, Luciole. C'est le destin. Elle est morte heureuse, vois son visage.

– Œdipe non plus n'était pas coupable... Et, pourtant, il s'est crevé les yeux.

Luciole s'arrache des bras de son père. Elle échappe à tous ceux qui veulent la retenir. Elle s'engouffre dans l'auto de la Mélie. La voilà près du petit pont. Elle écarte les gens du bourg accourus là et qui cherchent à la consoler. Elle ne les voit pas, elle ne les entend pas. Penchée au-dessus du parapet, elle fouille du regard le ruisseau : le choc y a peut-être jeté son journal avec sa mère. Rien. Elle risque un œil dans la voiture, par la portière disloquée : le journal est là, par terre, ses feuillets ouverts tachés de sang. « Mon Dieu, mon Dieu... », gémit-elle. Elle ramasse son journal et revient à la ferme. Dans la chambre, elle dit à son père :

– J'avais raison.

Comme lui, elle s'est agenouillée. Comme lui, elle regarde les yeux ouverts et le sourire figé. Comme lui, elle ne pleure pas. Elle ne sait plus où elle en est. Dans sa tête, des coups douloureux embrouillent ses pensées. Même la souffrance n'est plus souffrance.

Elle embrasse sa mère et se relève, hébétée. Elle ne peut détacher son regard du visage glacé. Elle voudrait l'entendre, lui dire qu'elle n'est pas coupable. Ce bonheur à jamais empreint sur le visage de la morte lui dit pourtant que ce n'est pas le journal qui l'a tuée. Mais Luciole ne reçoit pas le message. Elle s'enferme dans la détresse d'Œdipe et, sanglotante, demande pardon à sa mère. Puis elle donne le journal à son père.

– Tu le mettras dans son cercueil, c'est pour elle que je l'ai écrit.

Ses yeux sont secs. Ce n'est pas dans les larmes, mais dans le chaos de sa tête que son désespoir s'épanche.

Elle reste longtemps contre son père puis, gardant la photo, elle lui remet la lettre :

– Je te laisse seul avec elle. Cette nuit est votre nuit.

Elle ajoute :

– Laisse-la dormir. Elle a tant souffert.

Et, d'un geste ferme et décidé, elle ferme les yeux de sa mère.

30

– Trop belle. Trop intelligente. Trop sensible. Trop exigeante d'absolu. Tant de trop fragilisent... Luciole est un diamant pur qu'un choc peut briser.

Tel est le diagnostic d'un grand médecin. Mélie, avec son instinct de grand-mère, a fait le même. Luciole n'est pas brisée, mais le choc l'a blessée. Elle reste prostrée dans sa chambre, où Mélie seule est admise.

– Toi seule, grand-mère. Toi, j'ose te regarder en face.

Luciole ne veut voir personne. Pas même son père. Pas une fois depuis l'accident elle n'a prononcé le nom d'Agatos... Et toujours la même litanie. C'est son journal qui a tué sa mère. Sans ce journal écrit pour elle, Rosine serait encore vivante... Et les mêmes sanglots qu'elle étouffe sur l'oreiller du grand lit.

Elle n'a pas assisté à l'enterrement. Le médecin craignait un nouveau choc, trop violent. Mélie est restée près d'elle.

La foule silencieuse qui avait envahi l'église a accompagné lentement Rosine jusqu'au cimetière. En tête marchaient le curé Félix et Jacques, raidis dans leur douleur. Derrière le cercueil, le pitaud, le regard absent, comme un somnambule.

Pour les condoléances, maître Grimaud a voulu le professeur Forelli-Alban auprès de lui. Deux hommes pour une seule femme qu'on met en terre ! Pour tous, malgré son absence, Luciole est présente entre ses deux pères.

Le notaire est parti peu après vers sa nouvelle vie. A son fils Henri, il laisse des papiers en règle et une étude prospère. Luciole et Juliette héritent d'un pécule confortable. Henri aimerait que Luciole soit là quand il lit les dispositions prises par leur père. Elle n'est pas en état de les entendre, sa santé ne s'améliore pas. Chaque nuit, Mélie apaise ses cauchemars et essuie la sueur de son corps. Même endormie, elle continue à sangloter: «Je l'ai tuée... Je l'ai tuée...»

Le médecin ne renonce pas à l'espoir d'une guérison, mais s'inquiète de la persistance de symptômes qui peuvent s'aggraver. Mélie ne perd pas confiance. Elle est persuadée qu'il suffira qu'elle reste vigilante jour et nuit et entoure d'amour et de tendresse sa petite-fille pour qu'elle redevienne elle-même. C'est son remède de grand-mère, elle ne doute pas qu'il soit le bon.

Le professeur, qui a repris ses cours à la Sorbonne, prend chaque jour des nouvelles de sa fille. Chaque jour, le facteur apporte une lettre d'Agatos. Craignant le choc d'un trop grand bonheur, Mélie ne la remet pas à Luciole. Pourtant, ses nuits sont moins agitées, sa sueur moins abondante, et elle se plaint moins de la tête...

Un matin, à son réveil, Luciole sourit à Mélie et lui dit :

– Tes yeux sont fatigués, grand-mère, comme si tu avais beaucoup pleuré.

La Mélie a quitté la chambre pour laisser couler ses larmes de joie. C'est la première fois depuis longtemps que Luciole voit au-delà d'elle-même. Mélie est sûre qu'elle sera bientôt guérie.

– Venez vous installer chez elle, Agatos, a dit le professeur. Je vous y retrouverai chaque fois que vous aurez besoin de parler d'elle.

– J'y serai dès ce soir...

Agatos a laissé dans le studio chaque chose à sa place et a fait son nid dans son désordre. Amoureusement. Il a trouvé des photos de lui partout : dans les livres, sur l'oreiller, dans l'armoire où Luciole range tout ce qui rehausse sa beauté. Sur le bureau, à portée de regard quand elle travaille, les photos de Rosine, de Mélie et de son père. Aucune d'elle-même. Il n'ose mettre auprès des autres celle qu'elle lui a donnée. « Quand elle reviendra, c'est elle qui choisira sa place. »

« Quand elle reviendra... » Mélie entretient la flamme de cet espoir dans les mots qu'elle dit à Pierre, dans les lignes qu'elle écrit à Agatos. N'est-ce pas ce même espoir qui la tient éveillée au chevet de Luciole ?

« Quand elle reviendra... » Chaque soir, les deux hommes parlent d'elle dans ce studio où ils l'attendent et font le bilan de leur journée. De confidence en confession, ils découvrent qu'un même refus de désespérer les unit.

– Je suis sûr qu'elle nous reviendra, telle que vous l'aimez, telle que je l'aime...

Le professeur laisse à l'émotion le temps d'un silence et il poursuit :

– Cette attente ne doit pas être une excuse pour ne rien faire. Luciole ne nous le pardonnerait pas.

A la Sorbonne, parfois, le professeur Forelli-Alban cherche du regard parmi les jeunes visages qui l'écoutent celui de sa fille. Sa voix change de registre et l'émotion en ralentit le débit. Mais bien vite, il se ressaisit. Le regard sur ses notes, il retrouve son assurance.

Il ne sépare pas l'avenir de Luciole de celui d'Agatos. Il sait qu'ils ne peuvent vivre l'un sans l'autre. Le choix de Luciole l'a pourtant surpris et inquiété. Il a d'abord été tenté d'y voir la provocation orgueilleuse d'une enfant trop douée, trop sûre de vaincre les obstacles pour ne pas rechercher les plus difficiles. Sans le lui dire, il en a souffert. Mais, plus il connaît l'homme, plus il admire sa fille d'avoir su faire le bon choix.

Agatos ne lui a pas caché qu'il n'est venu étudier en France que pour mieux servir son peuple, que Luciole le sait et qu'elle est prête à le suivre pour partager avec lui son destin africain.

« Partager son destin, soit, pense le professeur, mais aussi assurer le sien. » Luciole a son poste réservé au Conseil d'État. Une sécurité que son père apprécie. Mais, ne voulant pas que sa fille débute dans la carrière avec un congé maladie, il a obtenu sa mise en disponibilité pour un an. Un an ! Il espère bien que Luciole reviendra avant, plus belle, plus douée, plus ambitieuse. Mélie le lui assure et elle ne se trompe jamais.

Un an ! Ce délai lui est nécessaire pour voir plus clair en lui-même. Quant à Luciole, ne le lui est-il pas autant ? Cette carrière brillante, programmée, à l'abri des risques et des surprises, est-ce vraiment ce dont elle rêve ? Peut-elle tout à la fois partager la vie d'Agatos et s'endormir dans le confort d'une vie sans utopie ?

A ces interrogations, il connaît les réponses. Mais c'est elle qui décidera de son avenir. Elle seule. Si, redevenue la Luciole d'avant, elle dit au professeur Forelli-Alban qu'elle veut être docteur comme lui, si elle lui demande d'être son patron de thèse, il dira « oui ». Et il ne lui cachera pas sa joie de la garder et de la guider encore.

Agatos, comme le professeur, se nourrit d'espoir. Il a pris ses fonctions au ministère de la France d'outre-mer où se prennent les grandes décisions qui font évoluer l'Afrique vers son indépendance. Agatos se veut acteur dans cette évolution qui le concerne. Il est trop imprégné de culture française pour accepter que le rejet de cette culture soit le prix de l'indépendance.

Les événements, en France, ne le portent pas à l'optimisme. La IVe République s'est enlisée en Algérie. La Ve éveille un espoir de paix.

Dans son bureau de haut fonctionnaire, il ne peaufine pas seulement des textes, il reçoit aussi ses frères africains. Il les connaît tous. Il les rencontre dans les associations et les meetings. Tous distribuent des tracts, défilent derrière les banderoles de l'Unef et réclament avec d'autres étudiants la paix en Algérie et l'indépendance des peuples colonisés.

Agatos, comme ses frères, distribue les tracts et crie les slogans dans les défilés. Le professeur Forelli-Alban marche et crie avec lui.

Agatos rencontre certaines personnalités africaines à la brasserie Lip ou au Café de Flore. Mais les plus connues préfèrent les contacts plus discrets dans l'appartement du professeur.

L'un de ces Africains est l'ami de Forelli. Ils ont été collègues dans les mêmes lycées. Cet agrégé est aussi poète. Sa poésie, enracinée dans sa terre, chante la négritude. Il est aussi député français et, souvent, ministre. Avant même qu'on le consulte, son peuple l'a choisi pour guide.

Il a rencontré le jeune Agatos chez son ami. Il a connu son père en Afrique où lui, l'agrégé de grammaire, enviait ses connaissances des langues vernaculaires qui ajoutent leur complexité à celle des climats, de la flore, de la faune et des ethnies. Amoureux du grec et du latin, il admire qu'un nègre ait osé appeler son fils Agatos. Le professeur poète n'ignore rien du parcours universitaire de son jeune ami ni de son mariage probable avec la fille du professeur. Il évoque, quand ils en parlent, la mixité de son propre mariage, et lui souhaite le même bonheur.

Il confie à Agatos ses espoirs et ses craintes. Il rêve d'une fédération qui associerait les étendues et les populations si diverses de l'Afrique francophone en un ensemble garant de la devise républicaine : « Liberté, Égalité, Fraternité ». Il craint le morcellement de ce vaste territoire en des États exigus et dépendants malgré leur indépendance. Sa vision, généreuse et ambitieuse, d'un continent

Africain uni et solidaire, risque de se heurter au nationalisme de chacune de ses parties dont le colonialisme a tracé les frontières, au hasard de ses conquêtes.

Dans cet appartement où tout respire la rationalité, le prophète de la négritude a dit à son jeune frère :

– Aidez-moi, Agatos. Évitons que notre Afrique se balkanise. Soyez à mes côtés pour convaincre notre peuple. Vous en avez le talent. Luciole vous en donnera le courage.

– Je serai avec vous. Luciole aussi. Votre vision de l'avenir de l'Afrique est la sienne, a répondu Agatos.

Avant que l'Afrique ne s'engage dans la dernière étape sur la voie de l'indépendance, le politicien poète est revenu chez son ami et a dit à Agatos :

– Quel que soit le destin de notre Afrique, préparez-vous à en être l'un des responsables.

Puis il a ajouté, un peu amer :

– Si j'échoue dans mon rêve d'une Afrique fédérale et que je ne sois que le premier Président d'un État indépendant, vous serez mon Premier ministre.

Quelques jours plus tard, Mélie appelait Pierre. Luciole réclamait la présence de son père.

31

Les mêmes gestes, les mêmes rires, les mêmes regards échangés... Le père et la fille se retrouvent comme s'ils s'étaient quittés la veille.

– J'ai dormi longtemps, dit Luciole. Grand-mère et maman m'ont veillée. A mon réveil, je n'ai vu que grand-mère et ses yeux fatigués. Mais je sais que là où est maman, elle est heureuse.

Les yeux fatigués s'embuent et le père redoute pour Luciole un nouvel ébranlement.

– Rosine ne me reproche rien. Elle vit en moi et jamais elle ne m'abandonnera. Elle me l'a dit avant que je m'éveille.

Elle se serre contre son père.

– Nous allons vivre comme avant. Maman ne nous a pas quittés. Elle ne veut pas que nous souffrions de son absence.

Le professeur garde le silence. Ce « vivre comme avant », il ne l'espérait plus.

– Viens dans notre musée, papa. Je t'ai réservé une surprise.

Luciole y entraîne aussi Mélie.

– Tu ne remarques rien ?

Que peut-il remarquer dans cette pièce où sa Mélie a rassemblé avec amour tout ce qui lui rappelle son pitaud ? Il fait le tour de la pièce et s'aperçoit que Luciole a accroché ses diplômes à la suite des siens.

– Tu ne remarques rien ? le taquine encore Luciole.

– Si. Tous tes diplômes sont là. Y compris celui que je n'ai pas. L'E.N.A.

– Toi aussi, tu as un diplôme que je n'ai pas.

– Lequel ?

– Le doctorat.

Le professeur pâlit.

– Je voudrais que tu sois mon patron de thèse.

Elle est en train de lui demander ce qu'il espérait sans oser le lui suggérer. Il prend sa fille dans ses bras et lui murmure :

– Crois-tu que je puisse être encore ton professeur ?

Et, sans attendre sa réponse, il interroge :

– As-tu choisi ton sujet ?

– Oui. Et j'ai conscience d'avancer sur un terrain miné. Mais j'ai toujours aimé prendre des risques.

Les risques, le professeur sait ce que c'est. Depuis son enfance, il n'a cessé d'en affronter. Mais il les craint pour sa fille...

– Agatos prend bien plus de risques que moi, dit encore Luciole. Il est sur le terrain pour convaincre. J'y serai pour comprendre.

Puis, après un silence :

– Agatos mène un combat d'homme, pour les hommes. Moi, je songe aux femmes.

Elle s'assure du regard que son père l'encourage.

– Je voudrais que l'indépendance leur apporte plus de liberté, plus de responsabilité, plus de dignité.

– Le sujet est d'actualité et l'entreprise courageuse. Quels qu'en soient les risques, je les prends avec toi. Mais Agatos ?

– Il sera heureux que je participe à son combat.

Discrète, Mélie s'éloigne. Luciole la retient.

– Grand-mère a quelque chose à te dire. Écoute-la.

Mélie, rougissante, dit avec un peu d'emphase qu'il n'est pas convenable que Luciole aille en Afrique avec son Agatos sans être unie à lui par les liens du mariage.

Luciole, qui ne lit dans le regard du père ni reproche ni refus, ajoute :

– Pendant mon sommeil, maman me répétait : « Luciole, épouse Agatos. Ton bonheur sera le mien. » A mon réveil, grand-mère m'a demandé si je voulais d'Agatos pour mari, et j'ai répondu que je l'épouserais si lui le voulait aussi.

– Il t'attend, dit le père.

– J'ai préparé votre chambre, ajoute la grand-mère.

Dans l'église de Sanluc, le curé Félix remercie le Seigneur. Croyants et mécréants sont venus si nombreux que la maison du Bon Dieu déborde. Et leurs yeux, qui ont pleuré pour Rosine, brillent pour le bonheur de sa fille.

Le curé a dû venir au secours de Mélie et de son pitaud pour convaincre Luciole qu'elle offenserait sa mère si, le jour de son mariage, elle gardait ses vêtements de deuil. Il a dit que le noir était la couleur de la douleur et du souvenir, et le blanc, celle de la joie et de l'espérance.

C'est donc une mariée tout en blanc que le professeur conduit à l'autel. Luciole est belle au bras de son père. Le visage grave et les yeux brillants, elle est bonheur et douleur mêlés.

Pierre Forelli-Alban, imposant dans son rôle de père sorti de la clandestinité, a le visage empreint de la même gravité et le même éclat dans les yeux.

Luciole, éblouissante, regarde Agatos. Statue d'ébène rayonnante, il l'attend au pied de l'autel. Lui aussi la regarde venir à lui lentement. Leurs regards confondus unissent leurs destins avant que les anneaux d'or ne les scellent.

L'oncle Jacques a reçu en tant que maire le « oui » de Luciole et le « oui » d'Agatos. Luciole a pleuré en donnant à l'homme de sa vie son premier baiser d'épouse. Elle n'a rien entendu des compliments et des applaudissements. Enfermée en elle-même, elle dédiait son bonheur à Rosine.

En tête d'un long cortège, le couple se dirige vers la ferme des Dorville. Luciole et Agatos y seront accueillis dans la joie, sans débordements indécents. Les invités s'y régaleront d'un repas plantureux et d'un vin généreux, mais ils éviteront les excès de la gaudriole. Claudette, la jeune épouse de l'oncle Jacques, veut que ce repas de noces qu'elle a préparé fasse honneur à Luciole sans offenser la mémoire de sa mère.

Le cortège progresse sur la route que Rosine, son frère et le pitaud ont si souvent empruntée dans le passé, et le village offre à la mariée toutes les fleurs du chemin pour sa fouillée.

Le curé Félix craignait qu'Agatos ne fût pour les commères une cible trop tentante. Mais l'héroïsme des Noirs sur les champs de bataille d'hier protège Agatos du venin des commères. Elles battent en retraite et se résignent au silence après un dernier persiflage.

– Cette Luciole est bien la fille du pitaud : elle non plus ne sait rien faire comme tout le monde !

Dès le premier jour, Sanluc a adopté Agatos, et tous remercient Luciole de venir y épouser un homme dont la beauté et la prestance ne sauraient se discuter. On murmure qu'il est haut fonctionnaire, comme Luciole, et qu'il sera ministre. Sanluc en est honoré. Le mariage de la fille de Rosine marquera son histoire comme l'a marquée le destin du pitaud.

Agatos n'est pas le seul Noir à éveiller les curiosités aujourd'hui. Celui qui est également l'objet des commentaires est un important personnage de la République, un député, un ministre, le village l'a appris. C'est aussi l'ami du professeur Pierre Forelli-Alban. Il est venu avec sa femme. Une Française, belle et blanche comme Luciole. On dit qu'il sera demain le premier Président d'une colonie bientôt indépendante. C'est le témoin d'Agatos. C'est aussi le collègue de Luciole. Comme elle, il est normalien et agrégé. A l'église, il a communié, agenouillé devant le curé. A table, chez l'oncle Jacques, tous les regards se sont tournés vers lui lorsqu'il a parlé. C'est un poète, et la magie de ses mots entraîne ceux qui l'écoutent vers des sommets dont ils n'avaient pas l'idée. L'intelligence, la délicatesse et la sensibilité de ce petit homme, si noir et si doux de visage, enrichissent le cœur et l'esprit de chacun. Le curé Félix s'est recueilli dans la prière et a remercié Dieu de lui donner la joie de bénir cet illustre fidèle venu d'Afrique, et celle de partager le pain et le vin avec lui.

Au père de Luciole, à Mélie et à Paul Alban, à Henri et à Juliette, à l'oncle Jacques et à Claudette, à tous ces convives attablés qu'il tient sous son charme, il dit, en messager de son lointain pays, qu'en épousant Agatos, Luciole épouse aussi l'Afrique. Elle y est attendue. Elle y sera aimée. On a besoin d'elle comme on a besoin de lui. C'est là que leur destin doit s'accomplir.

Il regarde les mariés avant de conclure :

– C'est là aussi qu'avec vous doit s'accomplir le mien.

Au cimetière où Luciole a offert à sa mère son bouquet de mariée, il a déposé une gerbe sur la tombe de Rosine. Après s'être recueilli, il a dit bien haut, comme s'il voulait que la morte l'entende :

– Agatos sera le chef de mon gouvernement, et vous, Luciole, serez son ministre chargé de la condition féminine. Je veux qu'il y ait, dans mon pays aussi, des femmes agrégées et des femmes énarques. Vous serez leur exemple, leur guide et leur espoir.

Avant que la voiture officielle ne les emporte vers Paris, son épouse a dit à Luciole :

– Venez me voir souvent quand nous serons dans leur pays. Nous y parlerons du nôtre. Nous sommes presque payses, puisque je suis normande !

Luciole et Agatos sont revenus dans la grande maison de Garbois. Personne ne sait où ils sont. Mélie veut leur épargner la soupe à l'oignon fumante que l'on offre dans un vase de nuit aux jeunes mariés que l'on va réveiller.

Elle sera de retour à l'aube, avec Paul et Pierre. Cette nuit, ils restent à veiller dans la ferme des Dorville, en mémoire de Rosine.

Le seuil franchi, Agatos porte Luciole dans ses bras. Elle se laisse bercer et emporter jusqu'à la chambre, heureuse comme Rosine quand son pitaud lui a murmuré : « Veux-tu être ma femme ? »

Agatos l'a déposée sur le lit. Il a enlevé, avec des gestes doux comme des caresses, la parure nuptiale. Le corps de Luciole, lentement découvert, frissonne d'impatience. Il la rejoint dans le grand lit, s'allonge auprès d'elle et leurs corps mêlés s'échauffent du même désir. Quand il la pénètre, Luciole voit dans les yeux d'Agatos s'allumer les premières étoiles. Elles s'allumeront et brilleront par milliers toute la nuit. Elle en sera éblouie, chavirée, étourdie.

Au réveil, Luciole a remis ses vêtements de deuil et pleuré dans les bras de Mélie :

– Dans ton grand lit où il a pris sa place, Agatos m'a peut-être donné un enfant. Où que je sois, c'est dans ce lit que je viendrai le mettre au monde. Et c'est toi, grand-mère, qui, la première, le tiendras dans tes bras. Si c'est une fille, je suis sûre qu'elle aura la peau noire de son père et les yeux bleus du mien. Je l'appellerai Mélie-Rosine.

A Agatos, elle a dit :

– Accompagne-moi jusqu'à mon chêne.

Elle lui a donné le couteau de l'oncle Jacques et, dans le cœur, au-dessus de « LUCIOLE », il a gravé son nom jusqu'à l'aubier : « AGATOS ».

– Il faut que mon chêne se souvienne que c'est le 25 octobre 1959 que je lui ai présenté l'homme de ma vie, a dit encore Luciole.

Docile, Agatos a gravé la date à côté.

Comme ils restaient silencieux au pied du vieux chêne, le vent a agité son feuillage et des glands sont tombés, telle une offrande. L'un d'eux s'est posé sur les cheveux de Luciole. Elle l'a glissé dans la main d'Agatos :

– Nous le planterons dans ton village. Il grandira auprès de nos enfants.

Cet ouvrage composé
par D. V. Arts Graphiques à Chartres
a été achevé d'imprimer sur presse Cameron
dans les ateliers de Brodard et Taupin
à La Flèche (Sarthe)
en janvier 2000
pour le compte des Éditions de l'Archipel
département éditorial
de la S.A.R.L. Écriture-Communication

Imprimé en France
N° d'édition : 202 - N° d'impression : 1816X
Dépôt légal : janvier 2000